JN037583
トーリは中に入って仰天した。
とんでもなく散らかっている。
尋常ではない。
「最初のお仕事……
掃除、お願いね」
白魔女さんとの辺境ぐらし
～最強の魔女はのんびり暮らしたい～

〔フェニックス〕
スバル
火を司る魔界の怪鳥。
小生意気な態度でトーリを
「おにいちゃん」と
呼んではからかっているが、
おだてに乗りやすい一面も。
〔アークリッチ〕
シシリア
死霊魔術《ネクロマンシー》など多様な魔法を
使いこなす魔界の賢者。
“可愛い”男の子に目が無い。
そのわがままボディを維持する為、
大食い。

〔元冒険者〕
トーリ
白金級《プラチナ》のクラン
『泥濘の四本角』を
解雇されるが、
「白の魔女」に拾われて
彼女の家で働くことに。
〔フェンリル〕
シノヅキ
巨大な銀毛の狼。
トーリの作る肉料理が
大好きで、
トーリの料理を横から
奪っていくこともしばしば。
〔白の魔女〕
ユーフェミア
アズラク最強の冒険者。
人前に姿を現すときは凄まじい
威圧感のある老婆の姿をしているが、
家では自堕落で甘えん坊な少女。

種屋、苗屋を回り、
何を買うか当たりをつけてから、
目についたカフェに入った。
お洒落な店である。
向かいに座るユーフェミアはとんでもなく可愛い。
家でのだらしなさでつい忘れがちだが、
きちんと服を着て、
カフェみたいなお洒落な空間にいると
実に絵になる。
口周りがクリームだらけなのは
あれだけれど。

白魔女さんとの
辺境ぐらし
~最強の魔女は
のんびり暮らしたい~
-MOJIKAKIYA-
門司柿家
ill. syow

口絵・本文イラスト
syow

装丁
おおの蛍（ムシカゴグラフィクス）

CONTENTS

0. 始まり

モンスターの列が長々と続いていた。オークやゴブリンといった亜人種のモンスターが多いが、中には悪狼《ワーグ》の様な四足のモンスターもいる。粗悪な装備品が触れ合ってがちゃがちゃと音を立てた。

ひときわ大きな影は、オーガと呼ばれるモンスターである。その体躯《たいく》は成人男性の二、三倍に達し、隆々とした肉体を鎧《よろい》で包み、手には棍棒《こんぼう》、腰には剣を差していた。棍棒は丸太の如《ごと》きであり、剣は人間が扱えば大剣もかくやという大きさである。このオーガが軍勢の統率者らしい。

軍勢は荒れ地を進んでいた。この先に待つ殺戮《さつりく》に既に興奮しているのか、モンスターたちは人間にはわからぬ言葉で何事か喚《わめ》き散らし、鼻息も荒くモンスター同士で小突き合ったりしていた。

高台の物陰に身を潜め、それを見張っていた男が、諦《あきら》めた様な表情でやれやれと頭を振った。

「とんでもない数だな……正面からかち合わなくてよかった」

「ここまで多いなんてなあ……クソ、これじゃ仕事にも何もなりゃしねえ」

と仲間らしき槍《やり》使いの男が言った。魔法使いらしい女がおずおずと口を開く。

「応援の要請は……」

「した。だが、要請がアズラクに届くまで時間がかかるし、よしんば届いてもここまで来るのには

「……」

「足止めも難しいだろうな」

「そうさ。下手《へた》に身を晒《さら》せば殺されるのが落ちだ。見ろよ、あのオーガ。相当強いぞ」

討伐依頼だった。町から少し離れた荒れ地で、モンスターの集団が目撃されたという事で、冒険者ギルドから討伐隊が派遣されたのだ。

しかし斥候《せっこう》の確認したモンスターの軍勢の規模は目撃情報より遥《はる》かに大きく、討伐隊は正面衝突を避け、身を隠して軍勢を見張りつつ、応援の到着を待つ状況である。モンスターは体も丈夫で気性も荒いが、索敵などを細々と行う様な知性は持っていない。だから遠巻きに隠れてさえいれば、ひとまず安全である。

弓の弦を弾《はじ》いていた射手が、思い出した様に口を開いた。

「アズラクのギルドでよ、クランの統合の話があるって知ってるか？」

「ああ、白金《プラチナ》級のクランをいくつか統合して、ギルドが全面的にバックアップしようって話だろ？」

「ふん、俺らにゃ縁のない話さ」

「そうよ。あの集団とも戦えるレベルのクランじゃなきゃ……」

「冒険者ってのも世知辛いよな……」

討伐隊の面々は諦めた様に口をつぐみ、銘々にモンスターの軍勢を見た。

剣をはじめとした武器や、魔力によって現象を起こす魔法を利用し、人類を害するモンスターを討伐したり、危険なダンジョンを探索したりして素材や物資を持ち帰る事を生業《なりわい》とする者たちがいる。兵士ではなく、傭兵《ようへい》でもない。険を冒す者たち。人々は彼らを冒険者と呼んだ。

冒険者はその実力によって銅級《ブロンズ》、銀級《シルバー》、金級《ゴールド》、白金級《プラチナ》と分けられ、特に白金級《プラチナ》の冒険者は憧《あこが》れの的だ。

彼らの多くは、国家の武力が十分でない辺境や開拓地を仕事場とし、モンスターと戦い、ダンジョンに潜って日銭を稼ぐ。希少な素材やアーティファクトを手に入れる事ができれば一攫千金《いっかくせんきん》も夢ではない。その様にして貴族さながらの地位まで上り詰めた冒険者もいる。それゆえに田舎《いなか》の次男坊、三男坊で家を継ぐ望みもない者たちや、刺激のないままただ日々土を耕すばかりの暮らしに嫌気が差した若者、あるいは英雄的な功績を求める者など、その道を選ぶ者は後を絶たない。

安定した職ではない。常に命の危険と隣り合わせだ。腕っぷしさえ強ければどうにかなるのも最初だけで、昇級に伴って難易度は増す。単なる荒くれ者は這《は》い上がる事ができない。

今回の討伐に参加した冒険者たちも、決して弱い者たちではない。それでも、人類に敵対するモンスターは脅威であり、力を合わせて戦わねば危うい。徒党を組む事は基本であり、その様にして共に戦うチームの事をクランと呼ぶ。クランに属して戦う事は、冒険者としては常識だ。

だが、時にはそんな常識に当てはまらない規格外の存在というものがある。

不意に、モンスターの集団の足が鈍り、混乱した様な騒ぎが起こった。

「なんだ?」

「わ、わからん。いや、でも……」

遠吠《とおぼ》えがした。犬や狼といったものではない。まるで地の底から響いて来る様な、聞くだけで心胆を寒からしめる声だ。冒険者たちも震え上がり、武器を構えてきょろきょろと辺りを見回した。

銀色の影が走ったと思うや、モンスターの列が中ほどから崩壊した。巨大な狼が牙《きば》を剥《む》き出《だ》し、モンスターたちを容赦なく蹂躙《じゅうりん》している。その体躯は統率者であるオーガに勝るとも劣らず、牙は剣の様に鋭く、モンスターたちの粗悪な鎧を軽々と貫く。

大混乱に陥るモンスターの頭上からは、燃え盛る火の玉が落ちて来た。否、火の玉ではない。炎揺らめく翼をはばたかした巨大な鳥である。鳥の翼が地上を撫《な》でただけで、モンスターたちがあっという間に燃え上がった。肉の焦げるにおいが、冒険者たちの隠れている所にまで届いた。

呆気《あっけ》にとられている冒険者たちの目の前で、モンスターの死骸《しがい》が動き出す。虚ろな目をしたそれらは武器を構え、まだ生きているモンスターに向かって襲い掛かった。死霊魔術《ネクロマンシー》である。それを操る術者は、少し離れた所にいた。黒い影を身にまとい、白い瞳《ひとみ》が冷徹にモンスターたちを見据えている。まとう影は触手の様に伸びて、それが死体に入り込んで動かしているらしい。

「ど、同士討ち……？」

「いや、あれは誰《だれ》かの使い魔だ」

「使い魔？　いや、だって、フェンリルに、フェニックスに……あの影は？」

「多分、アークリッチだよ。魔界の賢者って呼ばれてる魔族」

「そ、そんなのを使い魔に……？」

「あいつだ！」

槍使いの男が指さした先に、白い影が立っていた。老婆だった。大きな体躯に、帽子からドレスまで白一色に染め上げた異様な姿である。長い髪もまた白く、しかしその体は格闘家とも思えるほどに鍛えられ、形相は険しく、目を合わせただけで気を失いそうなくらいの迫力がある。

「し、〝白の魔女〟……」

魔女は手に持った杖《つえ》を前に出した。先端にはめられた宝石がぎらぎらと輝く。そうしてぴかりと光ったと思うや、光弾が打ち出された。光弾は大混乱を起こしているモンスターの頭上を飛び越えて、後方で混乱を収めようと喚いているオーガの上半身を消し飛ばした。

混乱は最高潮に達し、モンスターたちは最早抵抗らしい抵抗もできない。魔女と使い魔たちに、なすすべもなく蹂躙される一方である。

小一時間も経《た》たぬうちに、あれだけいたモンスターの集団は一匹残らず駆逐された。生き残りはおらず、辺りはしんしんとした死の気配があるばかりだ。操られていた死骸が次々にくずおれる中、フェンリルが一声吠《ほ》えた。〝白の魔女〟は表情一つ変えずにローブの裾《すそ》を翻すと、フェンリルにまたがる。フェンリルはその四肢で空気を踏み、〝白の魔女〟一行は、たちまち姿を消した。少し散歩にでも来た様な気楽さであった。

残された冒険者たちは顔を見合わせた。

「……すげえ」

「あれがアズラク最強の冒険者か……」

「冒険者、やめようかなあ……」

ほぼすべての冒険者がクランに属して戦い、やれ金級《ゴールド》だ銀級《シルバー》だという中で、クランに属さずにたった一人で白金級《プラチナ》に至り、冒険者のトップに立つ存在。それがアズラク最強と目される〝白の魔女〟、今しがたモンスターの軍勢を鎧袖《がいしゅう》一触《いっしょく》にしたその人であった。

○

人の住まぬ辺境の地、生い茂った森の傍に、一軒の家があった。年季の入った佇まいで、周囲は手入れのされぬままの草が伸び放題に生い茂り、そこに蔦《つた》が絡まってこんもりと膨らんでいる。かろうじて草の侵攻から免れている庭先で、魔法陣が光っていた。フェンリル、フェニックス、アークリッチの姿が、魔法陣の中へと消えて行く前で、少女が一人立っていた。白い帽子に白い服、それに白い髪の毛である。手には杖を持ち、魔法使いといった出で立ちだ。輝いていた魔法陣が消え、少女はふうと息をつく。

「三人とも薄情者……」

と呟《つぶや》いて屋敷の戸を開けた。同時に埃《ほこり》が舞い出て来る。山と積み重なったゴミや生活用品、本、服などが、黒々とした影を落としている。その隙間《すきま》に何かがうごめいてごそごそと音を立てている。暖炉には灰が溜《た》まって溢《あふ》れ、灰の固まり具合からして、しばらくまともに火が入った形跡がない。台所の流しには洗われていない食器や調理器具が無造作に放り込まれている。天井からぶら下がった照明器具には蜘蛛《くも》の巣《す》が張って、そこに埃がまとわりついていた。

少女は器用に歩いて居間を通り抜ける。食卓らしいテーブルの上には皿が積み重なり、籠《かご》に入ったパンが置かれていた。少女はパンを一つ手に取ってかじりながら、奥の寝室へと入る。寝室の大きなベッドには脱ぎ捨てられた服や、飲み物の空き瓶が転がっていた。

「……疲れた」

ベッドに腰かけてパンを食べ終えた少女は、傍らに置かれた冷蔵魔法庫《フリッジ》から飲み物を出してくぴくぴと飲む。それから服を脱いでその辺りに放り出した。ごろんと横になって、布団を引き寄せてもそもそと潜り込む。長く干されていないらしい布団はどことなくくたびれて、あまりふかふかしている様ではない。

布団の中であっちを向いたり、こっちを向いたりと輾転反側《てんてんはんそく》する。部屋のあちこちに転がるパン屋の紙袋や、お菓子の包み紙、果物の皮、書き損じの紙の丸まったものが目につく。本は出しっぱなしで床に積み重なり、服は脱ぎ散らかされ、埃にまみれているものも少なくない。蜘蛛たちは勝手気ままに巣を張って虫と埃を受け止めている。

「……誰かお掃除、してくれないかな」

少女はぽつりと呟いた。自分でやろうという意思は一切ないらしい。

「家事上手な冒険者……『泥濘《ぬかるみ》の四本角』の……名前は……」

少女はぽそぽそと呟きながら、そのままもそもそと枕の上で目を閉じた。やがてすうすうと寝息が聞こえて来た。

1. 解雇通知

「ええと、こっちの道具はジャンが明日使う分で……アンドレアの剣の研磨の予約を取るのと、スザンナの持つ分の薬の買い足し……」

最上級である白金級《プラチナ》の冒険者クラン、『泥濘の四本角』の詰め所にて、雑用に奔走する男が一人。

前衛の装備を整え、後衛の道具を整理し、細々した道具を買い揃える。

詰め所の掃除から食事づくり、会計にスケジュール管理と、あれもこれも両肩に乗せてひいひい言いながらも、何とかそれらをこなしているこの男、名をトーリという。

御年二十五歳。冒険者生活十年目と中堅どころに入ってもおかしくない経歴を持つにもかかわらず、一向に表舞台に出る事がない。

なにぶん、故郷へ錦《にしき》を飾ってやろうと田舎から出て来たはいいけれど、剣も魔法もからきし駄目で、できる事と言えば後方支援と準備や補佐ばかりである。その後方支援も、白金級《プラチナ》に上がってからは出番がなく、今では専ら拠点の管理と物資の補充、食事づくりが主な仕事になっていた。

昔はこんなんじゃなかったのに、トーリは思う。まだ銅級《ブロンズ》だった頃《ころ》から一緒に戦って来た筈《はず》なのだが、いつの間にかトーリは雑用係に収まっていた。

買い物に出たトーリは、やれやれと頭を振ってため息をついた。

「つらい」

ぽそりと口をついてこぼれた。

英雄と称されるだけの仲間の手助けをしている、というのは多少なりともトーリの誇りになってはいたが、それ以上に忙しすぎる。昔はまだしも、白金級《プラチナ》に昇格してからは仕事の量も増え、休む暇がない。加えて、役割を果たしてこそいるものの、あくまで裏方でしかないという事実が、自分のアイデンティティを喪失させる様な気分で、どうにもやりきれなかった。

『泥濘の四本角』が拠点にしているアズラクという町は交易路が交差する所で、かなりの規模がある。開拓が済んでいない魔境に近く、周辺に様々な素材が採れる場所も点在しており、モンスターの数も多い。

交通路が南と東西に延びている為《ため》、人も集まりやすく、次々に新しい冒険者たちが入って来る事もあるせいで、冒険者稼業が賑《にぎ》わっている。したがって競争率も高い。実力のないトーリが裏方に回るのは至極自然な事ではあるのだが、やはり心情的には片付かない部分がある。

白金級《プラチナ》クラン『泥濘の四本角』は、アズラクの冒険者ギルドでも有望株として期待されている。

リーダーで優秀な指揮官の剣士アンドレアに、素早い身のこなしでモンスターを寄せ付けない双剣士のスザンナ、大魔法を習得して攻守共に隙のない魔法使いジャン、この三人を要《かなめ》にして、前衛と後衛がバランスよく配置されている。

戦いに出るメンバーは、休日は体を休める為にのんびり過ごしているが、トーリは食事づくり、掃除、洗濯、買い物、会計と、いつもの仕事をこなさねばならない。

（俺戦えないからなあ……）

せめて剣でも魔法でも才能があればよかったのだが、意気込みだけでは何もできない。低位の銅級《ブロンズ》や、銀級《シルバー》の初期などであれば通用する剣技も、金級《ゴールド》になる頃には怪しくなり、白金級《プラチナ》では最早足手まといにしかならない。

このままでいいのか俺の人生、と悩む時間が増えた。しかし十年も同じ世界にいると、他に何をすればいいのか、考えようとしても難しかった。考えられない、というよりも未練が多くて思考を阻害するのである。

荷物を抱えたまま歩いていると、急に目の前にずんと影が差した。驚いて顔を上げると、巨大な人影がトーリを見下ろしていた。

トーリの倍以上の背丈と肩幅に、ばさばさの白い髪の毛、それを押さえつける様な三角帽子と、種々の宝石や装飾品で飾られたローブ。片手に持ったねじ曲がった杖。鋭い目つきと皺《しわ》だらけの顔に鷲鼻《わしばな》。人違いのしようもないその老婆は、〝白の魔女〟と呼ばれる冒険者だった。帽子の陰から鋭い視線がトーリを射貫いている。

トーリは大慌てで道を空けた。

「す、すみません」

『……』

〝白の魔女〟は黙ったまま、ずんずんと歩いて行った。

「……すげえ威圧感」

白金級《プラチナ》のほぼすべてがクランで認定されている中、〝白の魔女〟は、たった一人で白金級《プラチナ》になった冒険者だ。その実力たるや、実力者が溢れているアズラクの町で最強と噂《うわさ》されており、冒険者ギルドから直々に依頼される高難易度の依頼しか受けない。それでいて依頼を常に完遂するから、アズラクの最終兵器とまで言われている。文字通りの別格なのだ。

しかしその異様な風体と得体の知れなさで、尊敬よりも畏怖《いふ》を集めている。誰も彼女と言葉を交わした事はなく、住んでいる場所を知る者もない。依頼を受けた時にしか町に姿を現さないからだ。

確かに、あれは人間というか化け物だな、とトーリは思った。

拠点に戻ると、何だか雰囲気がおかしかった。トーリは首を傾《かし》げる。

「ただいま……どうした？」

「ああ……」

クランのリーダーであるアンドレアがトーリを見た。

買い物に行く前に、入れ違いに入って来た男がにこにこしてこちらを見ている。冒険者という風体ではない。クランメンバーたちも、むっつりとした表情や、すまなそうな表情でトーリを見ている。

「なんだよ、この雰囲気は」

「彼はギルドから来たマネージャーのアルパン氏だ」

とアンドレアが傍らに立つ男を紹介した。男は相変わらずにこにこしながら会釈した。

「どうも、トーリさん。アルパンと申します」

「どうも……マネージャー？」

「はい。アズラクの冒険者ギルドとしてはですね、貴重な戦力である白金級《プラチナ》の冒険者の皆さんには、もっと効率を上げていただきたいと思いまして、色々とご相談に乗らせていただいているのですよ。そこで、現在実力のあるクランをいくつか統合させていただき、ギルドが全面的にそのバックアップをさせていただく事にしようと決まりまして」

嫌な予感がした。

俯《うつむ》いていたアンドレアが顔を上げて、真面目《まじめ》な顔をしてトーリを見た。

「トーリ。『泥濘の四本角』は本日を以て解散とする」

「……どうしてだ？」

トーリが言うと、魔法使いのジャンが口を開いた。魔法の影響ゆえに体の成長が止まっており、年長者ながら見た目は十代前半の少年だ。

「アルパンさんが今言った通りで……いくつかのクランを統合する話になったんです」

「あの……あのね、他に『天壌無窮』とか、『赤き明星』とか……一流のクランの人たちと一緒にやる事になったの……」

と双剣士のスザンナがおずおずと言う。トーリは嘆息した。

「……俺はお払い箱って事か」

アルパンが口を開いた。

「申し訳ないですが、トーリさん。あなた個人は実績を鑑みても白金級《プラチナ》の実力とは言い難い。聞くころばかりを集めております。まことに残念なのですが、あなたの実力では参加は難しいですねえ」

トーリはぐっと唇を噛《か》んで、アンドレアを見た。

「……なんの相談もなかったな」

アンドレアは目を伏せた。

「悪かったと思ってる……だが、相談しても、結果は変わらなかった」

「……そうかも知れねえ。でも、仲間だと思ってた」

「ああ。だが、お前が一緒に戦わない様になってから……俺は溝を感じたよ」

「だけど、俺は俺のやれる事をやってたじゃないか。クランの中で割り当てられた役割をしていただけだ」

未練がましい事を言っているとわかっていても、口が止まらない。

アンドレアは目を開けてトーリを見た。

「それが、もう必要なくなるんだ」

「だからって……ずっと一緒にやって来た、仲間、じゃないかよ……」

「……俺たちは命を懸けてる。お前は、違うだろう?」

トーリはどきりとしてアンドレアを見た。アンドレアは真《ま》っ直《す》ぐにトーリを見ていた。

トーリは嘆息して、持っていた荷物を床に置いた。

「……わかったよ」

「……すまん、言いすぎた」

「いや、どのみち、低級のモンスターしか倒せない俺が白金級《プラチナ》のクランにいるなんて変だったんだ。さっさと辞めればよかったのにな」

「そんな事……ねえ、ホントにこれでいいの？」

スザンナが言う。アンドレアはスザンナを見た。

「俺たちには、上に行かなきゃいけない理由があるだろう」

「……うう」

スザンナは押し黙った。

トーリは自分の荷物を担いだ。最近はあまり振る事もない剣と着替えだけ。あまりにも少なく、軽い。

「……退職金です。トーリ君、僕は君に感謝しています。こんな形になって、すみません」

とジャンが硬貨の入った小袋を差し出した。トーリは一瞬ためらったが受け取る。

「……ジャン。お師匠さんの遺言果たせるといいな」

「トーリ君……」

トーリはアンドレアとスザンナを見た。

「アンドレア、敵討ちに協力できなくてすまん」

「……」

「スザンナ、弟さん、治る様に祈ってるぜ」

「うう……ごめんね、トーリ……」

申し訳なさそうなメンバーたちを一瞥《いちべつ》し、トーリは無理に笑って手を振った。

「じゃあ、な」

それで拠点を出た。

なんだかぽっかりと胸に穴でも空いた様な気分だった。つらい仕事で、辞めようかとまで思った事もあったのに、いざ解雇されてしまうとひどく悲しかった。実感はしていたのに、自分が役立たずだと突き付けられると、事実はどうあれやはり傷つく。

明日からどうするかな。

トーリは涙をこらえながら、道を辿《たど》って行った。行く当てはない。

歩くのも億劫《おっくう》になって、トーリは道端に並んでいた木箱に腰かけた。

人々は忙しく行き交っている。町は日常が続いている。

(俺の事情なんか関係なしだよな)

当たり前である。しかし、俺というのはなんてちっぽけなんだろう、と思う。

思考は下向きになる一方だ。それを通り越すと、次第に自棄《やけ》になって来る。なんだ、冒険者なんて。くだらない。

何もする気が起こらず、ただぼんやりと行き交う人々を眺める。

その時、トーリの前を影が遮った。驚いて顔を上げると、〝白の魔女〟がトーリを見下ろしていた。相変わらずの恐ろしい形相だ。思わず凍り付くが、少し自棄になっているので、つい物怖じせずに睨《にら》み返す。

「……なにか用ですか？」

ぶっきらぼうに言うと、〝白の魔女〟は口をもごもごさせた。

『うぬがトーリ……「泥濘《ぬかるみ》の四本角」の者か』

声も低く恐ろし気に響くのでひるみかけたが、クラン名を出されて腹が立った。

「もう辞めましたよ。ついさっきね。辞めた、というか『泥濘の四本角』自体がなくなるんですが」

ははっ、と自嘲《じちょう》する笑いが出る。なんだ、どいつもこいつも。

『聞き及んでいる』

「は？」

どうやら『泥濘の四本角』が他の有力クランと統合され、それをギルドがバックアップするという話は噂《うわさ》になっているらしく、ギルドの職員が話していたのを聞いたという。その過程で、役に立たないメンバーは解雇されるだろう、という事も。

トーリは歯を食いしばり、それからへらへらと笑う。

「ええ、ええ、そうですよ。それで、何なんですか？　俺を馬鹿にしにでも来たんですか？　白金級《プラチナ》の冒険者様は時間があっていいですねえ」

『否……トーリよ、行く当ては？』

「あるわけないでしょ。万年雑用係で……一緒に戦わないから仲間じゃないって……ちくしょおぉぉおおおおぉぉッ！」

思わず感情が爆発した。自分勝手な言い分だとわかっていても口が止まらない。そのまま誰《だれ》に言うとでもなくまくし立てる。

「俺が片付けるからって何でも出しっぱなしやりっぱなしにしやがって！　飯だっていつも温かいのを出せる様に気を遣ってたんだぞ！　買い出しだって何軒も回って少しでも安く上げようとしてたのに！　夜も眠いのに遅くまで愚痴に付き合ってやったしよお！　朝なんか何時から起きてたと思ってんだ！　誰がお前らの生活の面倒を見てやってたと思ってるんだよ！」

『それだ』

「は？」

『面倒を見てもらおう。そう思い、我は来た』

「面倒……誰の？　あんたの？」

〝白の魔女〟はこくりと頷《うなず》いた。トーリはふんと鼻を鳴らす。荒唐無稽《こうとうむけい》だ。単身で白金級《プラチナ》に上り詰める冒険者の面倒を見ろだって？　解雇された雑用係の俺に？　馬鹿にされてるとしか思えない。

だとすれば、こっちだって考えがある。

「あー、そうですねえ。そんならまあ、雇ってもらってもいいですけど、俺高いですよ？　日当で十万はいただかないと……」

『よかろう。構わぬ』

「え？　なっ」

〝白の魔女〟はトーリの頭に手をかざした。ぼう、と魔法の光が灯《とも》る。次の瞬間に、トーリは魔女と一緒に宙に浮かび上がっていた。

「なななな⁉」

『行くぞ。しっかり掴《つか》まっておれ』

ぐん、と引っ張られる様な感覚があったと思うや、空を飛んでいた。眼下の景色《けしき》がぐんぐんと後ろへ滑って行く。どこへ向かっているんだかわからない。

「うわっ、うわわわっ！」

荒野を越え、黒く染まった森が広がり出した。次第に高度が下がり、森の中へと降り立つ。そこにはぽっかりと開けた所があって、小ぢんまりとした屋敷があった。

庭先にボロボロの木の柵《さく》があり、ポンプのついた井戸がある。菜園らしきスペースもあったが、雑草だらけになっていて見る影もない。鶏小屋らしきものもあったが、中には何も入っていない様だ。納屋らしき建物は草に覆われ、しかも蔦《つた》まで絡まって廃屋同然である。

『到着だ』

呆気《あっけ》にとられたトーリは、思わず尻《しり》もちを突《つ》いた。

「こ、ここは……」

『我の家だ。そしてうぬの新しい職場でもある』

トーリはうろたえて〝白の魔女〟を見上げた。

「い、いや、俺はまだ雇われるなんて……」

『言っていたではないか。十万でよいか？』

と魔女は泰然と言い返す。出鱈目《でたらめ》に吹っ掛けた値を大真面目《まじめ》に返されて、トーリは言葉に詰まった。こんな化け物みたいな女の世話をするだと？　そもそも一人で何でもできそうじゃないか。

トーリは焦りながら、地面に手を突いて魔女に向かって頭を下げた。

「すすす、すみません！　さっきのは冗談で……高名な〝白の魔女〟さんに雇われるだなんて、俺にはとてもとてもとても」

「ユーフェミア」

澄んだ声が聞こえた。トーリはびっくりして顔を上げる。

巨大な魔女の姿が霧の様にぼやけて消えて行く所だった。

それが吹き払われた後に、滑らかに輝く白髪《はくはつ》と、白磁の様な肌をした美少女が立っていた。十八歳くらいに見える。整った顔立ちの中、少しとろんとした目が妙に可愛《かわい》らしい。

トーリは口をぱくぱくさせた。

「え、あ、あなた、は……？」

「ユーフェミア。あなたの雇い主。皆は〝白の魔女〟って呼ぶけど」

少女はそう言って、ふあ、とあくびをした。

2. 新しい職場

「じゃ、じゃあ、あの姿は魔法で作り出したもの、なんですか？」

「そう……見た目が華奢《きゃしゃ》だと舐《な》められるから、って母様が」

どうやら、魔法によってあの姿に変わり、喋《しゃべ》る言葉も自動的に変換される様になっているらしかった。

〝白の魔女〟ユーフェミアのまさかの正体に、トーリは完全に混乱したが、何とか状況を呑み込んだ。あの怪物みたいなのの世話をする必要はない、とわかって安心したが、ここで引き受けると何だか美少女だとわかって手の平を返した様な気がして、誰に取り繕うわけでもないのに、やきもきした。

「あの、でも、俺ができるのは家事とか雑用ばっかりで……」

「知ってる。それをして欲しいの」

「だ、だけど、町からここって遠いでしょう？　通うのは無理だし」

「ここに住んでいいよ。住み込みＯＫ」

「ぐう……で、でもなあ、未婚の男と女が一つ屋根の下ってのは……」

「わたしは気にしないよ」

「で、でも……」

「……そんなに嫌なの？」

悲し気にそう言ったユーフェミアはひどく儚《はかな》げに見えた。目元にうっすらと涙が浮かんでいる。

トーリは大慌てで手を振った。

「わわわ、わかった！　わかりました！　雇われますよ！」

ユーフェミアはパッと顔を輝かした。あまりわかりやすく表情は変わらないが、嬉《うれ》しがっているのがよくわかる。

「来て。入って」

ユーフェミアはさっと踵《きびす》を返して屋敷の扉に手をかけて、開けた。

「あ、はい。お邪魔しまーす……ッ⁉」

トーリは中に入って仰天した。とんでもなく散らかっている。尋常ではない。

脱ぎ捨てられた服がそこここに散らばっており、あちこちに本が積み上げられ、書き損じの紙が丸められて部屋の隅に積み上がっている。下に屑籠《くずかご》でも埋まっていそうな雰囲気だ。町のパン屋のものらしい紙袋や、お菓子の包み紙、果物の皮に鳥の骨など、ゴミもあちこちに散らばっている。

窓際の机の上には紙と本とが雑多に積み重なり、その脇《わき》には空のインク壺《つぼ》が、空の薬瓶などと一緒に転がっていて、吊《つ》り下《さ》げられた照明から天井にかけては蜘蛛《くも》の巣《す》がかかっている。そこに埃《ほこり》がまとわりついて凄絶《せいぜつ》な様相を呈した。

部屋の中は埃っぽく、歩くだけで埃が舞い上がる。

暖炉からは灰が溢《あふ》れていて、まともに火を起こすのも一苦労しそうだ。かけられた大鍋《おおなべ》は、汚れや煤《すす》がこびりついて外側が膨らんでいる様に見える。

食卓らしいテーブルの上には汚れた皿が積み重なり、シチューだか何だか、よくわからないものが入っていたらしい鍋《なべ》が置かれたままで、ハエがぶんぶん飛んでいた。ひどいにおいだ。

「これはひどい」

「最初のお仕事……掃除、お願いね」

ユーフェミアはそう言うと、足の踏み場もなさそうな床を器用に歩いて、奥の部屋に入って行った。あちらが私室なのだろうか。ちらと見えた限り、あの部屋も凄《すご》そうだ。

「……マジで高い金もらっていい気がして来た」

トーリはエプロンをして腕まくりをして、頭に手ぬぐいを巻いて、むんと気合を入れた。こうなった以上、全力でやってやろう。少しずつでも片付ければいつか片付く筈《はず》だ。

ひとまず歩けるスペースを作らねば、とゴミを拾い始めると、何かがごそごそと動いた。虫かネズミか、と目を細めると、真っ黒なスライムがぬるりと出て来た。そのまま跳ね飛んでトーリに襲い掛かる。

「うおおっ！」

トーリは咄嗟《とっさ》に手に持っていたゴミを投げつけた。床に落ちた黒スライムは、ぷるぷる震えながらトーリの方ににじり寄って来る。

「なんでこんなもんがいるんだ！」

トーリは自分の荷物から剣を引き抜くと、飛びかかって来たスライムを両断した。どろりと溶けて動かなくなる。

ホッとしたのも束《つか》の間《ま》で、部屋のあちこちから、スライムや大きめのネズミが這《は》い出して来て、それがみんなトーリを狙《ねら》って来た。

「なんで掃除に来てモンスター退治してんだ俺は！」

スライムも大ネズミも大したモンスターではないので、いかに弱いトーリであっても苦戦などしようもない。小一時間の戦闘の末すべて駆除した。予想外の戦闘が勃発《ぼっぱつ》した事にトーリはげんなりした。

苦労して床を歩いて行き、奥の部屋の扉を開いて中を覗《のぞ》き込む。こちらもひどく散らかっていた。本や服、食べかけのお菓子や紙屑《かみくず》などが散らばっている。

ドでかいベッドの上に丸くなった布団があった。

「あのー、ユーフェミアさん？」

「んゅう……」

布団がもそもそと動き、その端から顔だけぴょこんと出て来た。

「なぁに？」

「もう寝るんですか……？　じゃなくて、なんでスライムとか大ネズミが家の中にいるんですか！」

「前にやった魔法の実験で、出て来ちゃった……」

「出て来ちゃったじゃありませんよ、こっちはえらい目に遭った」

「でもトーリは冒険者でしょ？　スライムくらい問題なし」

そう言われてしまうと返す言葉がない。

「……掃除道具ってどこにあるんです？」

「玄関脇……わたしはいっぱい怠けるから、お願いね」

そう言って布団に潜り込んで丸くなった。すぐに寝息が聞こえて来る。本当にこれがアズラクの町で畏怖《いふ》されている〝白の魔女〟だろうか、とトーリはやや訝《いぶか》し気な気持ちになりながら、玄関脇の掃除道具を引っ張り出した。

「一日じゃ終わんねえな……まず水回りと暖炉回りからやるか」

でなければまともに料理もできそうにない。

まず家じゅうの窓を開けた。もうもうと埃が立ち上って窓から溢れて行く。それから暖炉の灰を掻《か》き出して、菜園スペース辺りに捨てる。何度か掻き出して、最後に箒《ほうき》で掃いて、すっかり綺麗《きれい》になった。ひとまずこれでちゃんと火が燃やせる筈だ。

次は調理場周りである。

調理場は暖炉脇の入り口をくぐった先に小さなスペースとして据えられていた。窓の前に調理台があり、上の棚には調味料らしい小瓶や壺が並んでいる。調理場用の井戸が設えられているらしく、小さなポンプと流し台があった。しかし流し台は汚れた食器で溢れている。ポンプはしばらく動かされた形跡がなさそうだ。

暖炉とは別の調理用のレンガ組みのクッキングストーブがあるが、ここも灰が溢れていた。やはりしばらく火の気が入った気配はない。蜘蛛が巣を張って汚らしい事になっている。

トーリは暖炉と同じ様に灰を出して捨て、おそらく食材置き場であろう棚の中の、干からびたり腐ったりしているものをすべて捨てる。

それから食器棚を見たのだが、

「食器汚なっ！」

洗い方が甘いせいで、料理の残りがこびりついて固まり、簡単に取れそうもない。トーリはげんなりしながらも、棚や流し台の食器や調理器具をまとめて外に出し、井戸端で片っ端から洗った。

「ユーフェミア……いったいどうやって生活してたんだ？」

独り言《ご》ちた。割と本気で気になる所である。

何とか洗い物を終えた頃《ころ》に、日が暮れかけて辺りが暗くなり出した。

今日はひとまずこれまでだ、とトーリは調理場に立った。ぶら下げられた燻製《くんせい》肉と玉ねぎを取る。

棚には使えそうな麦粉や乾燥豆もあった。生鮮品が少ないが、ないものは仕方がない。

「うげっ、下の方が傷んでるじゃん……」

芋の籠《かご》を引っ張り出して見ると、下の方が腐ってぐしゃぐしゃである。どこもかしこも滅茶苦茶だ。ひとまず使えそうな芋だけ救出する。

種火の行き来をするのはまだ怖い。だから居間の暖炉を使う事にする。

暖炉に火を起こし、水を張った鍋をかける。埃まみれだった燻製肉の表面を一応トリミングする。

芋、見つけ出した萎《しな》びた人参《にんじん》、玉ねぎを刻んで乾燥豆と一緒に鍋に入れる。固まりかけた塩と、しけった乾燥ハーブで味と香りをつける。

それを煮込んでいる間に、粉を練って伸ばし、フライパンに広げて焼いた。発酵種がなかったから無発酵だが、十分だろう。

そうやって夕飯の支度をしていると、ユーフェミアがのそのそと起き出して来た。目をこすりながらあくびをしている。

「ふあ……いいにおい。なぁに、それ？」

「ああ、あったものの適当シチュー……ぬおおっ⁉」

トーリは慌てて目をそらした。ユーフェミアはバスローブの様なものを羽織っていたが、その下には何も着ていないらしく、合わせの所から胸元や太ももが惜しげもなくさらされて、目に毒である。

「もう少し何か着ていただけませんかね‼」

「んー……？　うん」

ユーフェミアは別に恥ずかしがる事もなく、奥の部屋の中に戻って行った。ごそごそと衣擦れの音がする。

これは気が気でないぞ、とトーリは心臓が激しく打つ胸を押さえた。

何度か深呼吸を繰り返し、トーリは料理に戻った。シチューを味見して、調味料を足す。

亜麻色のチュニックを着たユーフェミアがやって来て、トーリの肩に手を置き、背中に寄り掛かる様にして鍋を覗き込んだ。

「おいしそう」

「ちょ、危ない！」

というか柔らかいものが押し当てられて気が気でない。しかもチュニックだけしか着ていないから丈が短くて白い足が実によく見える。

（ちょっとこの人距離感バグってない⁉）

トーリは逃げる様に手早く食卓を片付け、ユーフェミアを座らせた。ユーフェミアは綺麗になったテーブルを指で撫《な》でて面白そうな顔をしている。

「ここが綺麗なの、久しぶり」

「わーお」

いつからあの状態だったのだろう、と思ったが怖いので聞かなかった。

シチューをよそって、素焼きのパンを添えてやると、ユーフェミアはうまいうまいとぱくついた。材料も調味料もなくて味気ないかと思ったのだが、そうでもないらしい。

「おかわり」

「よく食うなあ……」

結局シチューを六杯平らげたユーフェミアは、再び眠そうにあくびをした。

「おいしかった……ごちそうさま」

「あ、そうですか」

今までこの人は何を食べていたのだろう、とトーリは思った。そうして、テーブルに置かれていた鍋の中の物体を思い出し、考えるのをやめた。

夜には掃除をするわけにはいかない。食器だけ片付けて、今日はおしまいである。

「あの、俺はどこで寝ればいいんですかね？」

「あ……一緒に、寝る？」

「駄目でしょ！　それは、駄目でしょ！」

「そう……でも、ベッドひとつしかないの」

「それでよく住み込みOKって言いましたね……」

「一緒に寝ればいいかな、って。ベッドは大きいんだよ？　二人で寝れるよ？」

とユーフェミアはあっけらかんと言った。恥ずかしがる素振りもない。

あれ、これ俺男だと思われてない？　とトーリは妙に悲しくなった。そう思われていても困るけれど、まったく思われていないのも釈然としない。

（いや、そもそもこの人滅茶苦茶強いんだぞ。仮に俺が理性を失って襲い掛かっても、簡単に撃退できるからこその余裕じゃないのか……？）

そう考えると納得できる。単身で白金級《プラチナ》のモンスターを倒せる実力者なのだ。トーリなど相手にもなるまい。

しかしそれで自分の出来心を誘うなど人が悪い。

ともかくトーリは一緒に寝る案は却下し、本やゴミに埋もれていたソファを掘り出して、無理やりそこに寝転がった。埃っぽくてカビ臭くて、心地《ここち》のよい寝床ではなかったけれど、それでも気づいたら眠っていた。

翌日は朝から大掃除である。ユーフェミアは昨夜の残りのシチューを食べながらそれを眺めている。

「トーリ、凄いね。手際がいいね」

「そりゃどうも！」

トーリは散らばった屑《くず》紙を集めて庭で燃やし、空き瓶の類を一度すべて家の外に出した。本も一旦《いったん》すべてまとめて部屋の隅に置いておく。生ゴミはまとめて、畑の辺りに穴を掘って放り込んだ。

そんな風にしているうちに随分床が見える様になって来た。

それでその日は夜が来たのだが、食材があまりにもない。トーリは残った芋を丸ごと暖炉の熾火《おきび》で焼き、皮を剥《む》いてほぐした所に、玉ねぎと燻製肉を炒《いた》めて少量の水でソースにした様なものをかけた。ユーフェミアは目を輝かした。

「すごい。同じ材料で違うお料理だ」

「味はほとんど同じですけどね……」

調味料が変わらないのである。それでもユーフェミアは満足そうに平らげてしまった。

そうして翌朝である。芋もなくなり、燻製肉も使い切った。玉ねぎはまだあるが、それだけではほとんど何もできない。

玉ねぎと塩とハーブだけのスープを飲みながら、トーリは言った。

「流石《さすが》に買い物に行かないと今後の食事が作れませんよ。いつもどうしてるんです」

「町に行ってるよ」

「どうやって」

「魔法でぴゅーって」

「俺はそういう事ができないんですけど」

「じゃあ一緒に行こ」

「は」

それで朝食を終えて外に出た。きちんとローブを着たユーフェミアが、杖《つえ》を持っていない方の手でトーリの手をきゅっと握る。ほっそりしているのに柔らかくて、すべすべしていて、トーリはドギマギした。

「放しちゃ駄目だよ」

そう言うと、ユーフェミアは何か唱えた。するとここに来た時と同じ様に体が浮かび上がり飛んで行く。めまいがするくらいに速い。眼下の風景がすっ飛んで行く、と思っていると急に勢いが落ちて、足の下に感触が戻った。

「着いた」

路地裏にいた。両側に高い建物がそびえて、見上げる空は狭い。

やっぱり〝白の魔女〟すげえ、とトーリは思いながら、気を取り直して買い物に出た。ユーフェミアもぽてぽてついて来る。

畏怖されている〝白の魔女〟と一緒にいたら何か言われるんじゃないかと、トーリは少しびくびくしていたのだが、道行く誰《だれ》もが気にしていない。むしろユーフェミアの可憐《かれん》さに目を引かれて二度見しながら通り過ぎて行く様なのばっかりである。

「……誰も〝白の魔女〟だって気づきませんね」

「仕事の時はいつも変身してるから」

そうだ。あの巨大な老婆が〝白の魔女〟だと人々は思っているのだ。今隣にいるユーフェミアは、艶《つや》やかな白髪《はくはつ》の美少女である。そこを結び付ける者はいるまい。

（……じゃあ、今俺は誰も知らない超絶美少女と一緒に歩いているわけか）

デートに見えたとしたら何となく自慢げな気分にもなるけれど、あまりにも釣り合わない様な気もする。

ともかく、鼻の下を伸ばしている場合ではない。当面の食材を買い込んでおかねばわびしい食事をもそもそと頬張《ほおば》る羽目になる。

しかし下手《へた》に生鮮品ばかり買って腐らしても困る。買い物の頻度は高いのだろうか、とユーフェミアに尋ねると、冷蔵魔法庫《フリッジ》があるよ、と言った。

「どこに」

「わたしの部屋」

「どうしてそこに」

「寝てる時、冷たい飲み物が欲しくなるから。寝床の横でね、寝ながら取れるの」

何という自堕落！　とトーリは額に手をやった。

「それ、台所に移動してもいいですか？」

「いいよ。というかもう一台作ってあげる」

冷蔵魔法庫《フリッジ》は複雑な魔法式を何重にも組み上げて、箱の中を一定の低い温度に保つ高価な魔道具である。そんなものを事もなげに作ると言うこの少女に、トーリはもう勝手にしろと思った。

いずれにせよ、それならばあれこれと気を遣わずに買い物ができる。

しかし、買い物のリストを見ていると、とてもではないが一度の買い物では持ち切れなさそうだと思った。芋もないし、粉もいつのものだかわからなかったから、主食になるものを買っておかねばならないのだが、芋だの米だの小麦粉だの、そういったものは大袋だと大変重い。しかもかさばる。

そこに肉だの野菜だの卵だのを重ねていくと、何だか危なっかしい。雑用とはいえ冒険者だったから体は鍛えてはいたトーリだが、一人で持つ荷物には限界がある。あれもこれも担いで歩くと落っことしそうでいけない。

「何回か行ったり来たりしないと駄目ですね」

「なんで？」

「荷物が多いですから。持ち分けても持ち切れませんよ」

「あと何を買うの」

「まだ肉も野菜も買ってないですよ。調味料も欲しいし、他にも細々したものが要るし」

「じゃあ荷物持ちがいれば、行ったり来たりしないでもいい？」

「え？　まあ、それはそうですけど」

「来て」

と、ユーフェミアは人気のない路地裏に入って行く。トーリは首を傾《かし》げてその後を追った。

袋小路の様な場所に、ゴミなどが散らばっていた。ならず者のたまり場になっている所の様だが、今は誰もいないらしい。

「ここで何を？」

「待って」

ユーフェミアは杖を掲げて小さく何か唱えた。すると魔法陣が広がり、ぱっと光る。

その魔法陣から巨大な銀毛の狼《おおかみ》が出て来た。トーリはあんぐりと口を開ける。

狼は大きな口を開けて、笑う様な顔をした。

『わしの出番かユーフェ！　敵はどこじゃ！　誇り高き魔界のフェンリル族が一の戦士、シノヅキの強さ、思い知らせてやろうぞ！』

3. シノヅキ

ユーフェミアは首を横に振った。

「違う、敵はいない」

『なにぃ？　ではなぜわしを呼んだ』

「お買い物の荷物を持って欲しいの」

ユーフェミアが言うとシノヅキはあからさまに嫌そうな顔をした。

『誇り高きフェンリル族の戦士を荷物持ちに使う奴《やつ》があるか！　お断りじゃ！』

「つべこべ言わない。文句言うならこれからは呼んであげない」

ユーフェミアが言うと、シノヅキは急にしゅんとした様に耳を垂れた。

『そ、それは困る。おぬしが呼んでくれねば、今地上でわしを呼べる者は誰もおらぬ』

「じゃあ言う事聞いて」

『ぐう……仕方あるまい』

シノヅキは不承不承といった風に頷《うなず》いた。それでユーフェミアと一緒に表通りに出て行こうとする。

今まで呆然《ぼうぜん》としていたトーリはハッとして、大慌てでユーフェミアたちを呼び止めた。

「ちょちょ、駄目ですよ」

『む？　なんじゃ、この若造は』

「トーリ。わたしのお世話をしてくれる人」

『なんじゃと？　ふぅん、随分冴《さ》えないのを引っ掛けたもんじゃのう。こんなのに何ができると言うんじゃ？』

とシノヅキはせせら笑った。確かにそうだよなあ、とトーリは肩を落とす。

しかしユーフェミアが怒った様にシノヅキの尻《しり》を杖でひっぱたいた。シノヅキは「きゃん！」と鳴いた。

『な、なにをするかっ！』

「トーリは凄《すご》い人。シノのできない事ができる」

『何を言うか！　人間にできてフェンリル族にできぬ事なぞないわ！』

「お料理」

シノヅキの勢いが止まった。

「洗濯」

『そ、それは……だってわし、フェンリルじゃし……見ろ、このおてて。炊事洗濯なぞできると思うてか？』

「それだけじゃない。あとお掃除。わたしの家の」

『な!?　あの魔の巣窟《そうくつ》の!?』

ああ、フェンリル族から見てもそうなんだ、とトーリは何だか安心してしまった。

『……わかった。それは確かに只者《ただもの》ではあるまい。名は何といったか？』

「あ、トーリです」

『トーリよ、なにゆえ呼び止めたのじゃ。買い物に行くのではないのか？』

「そうですけど、街中をフェンリルが闊歩《かっぽ》してたら大騒ぎになりますよ」

『なんじゃ、そんな事か。ならばこうすればよい』

言うが早いか、シノヅキの体毛がぶわっと逆立った。そうして渦を巻く様に巻き上がり、収縮したと思うや、そこにはすらりと背の高い妙齢の美女が一人立っていた。体毛と同じ銀色の長髪がさらりと揺れる。トーリは呆気《あっけ》にとられた。

「シノヅキさん、女性だったんですか……というか服！　服着てください！」

すらりとくびれた腰つきと不釣り合いに、存在を主張するどでかい胸の双丘が揺れている。素っ裸である。隠そうともしない。

トーリは大慌てで目を閉じたが、瞼《まぶた》の裏に映像が焼き付いた様に離れない。

シノヅキは「ふむ」と言って自分の体をまじまじと見た。

「この姿も久しぶりじゃ。まったく、毛皮もないとは、人間とは不便な体じゃのう。ユーフェ、服」

ユーフェミアは面倒くさそうに杖を振った。たちまちシノヅキの体をぱりっとした服が覆う。シノヅキはうむと満足げに頷きながら長い髪の毛をポニーテールに束ねている。

「これでよかろう。何を赤くなっておる」

「いや、だって……」

俯《うつむ》いて頬《ほお》を掻《か》くトーリの腕を、何となくむくれた様子のユーフェミアが取った。

「買い物。行こう」

「え、あ、はい」

「ほほう……」

引っ張る様に連れて行かれるトーリを見て、シノヅキはにやにやと笑った。

それで買い物を再開した。人間の姿になったとはいえシノヅキの力はフェンリルの時と遜色《そんしょく》なく、沢山の荷物を事もなげに担いで平然としている。

それで大体買い物を終え、満載の荷物と共に帰って来た。

「随分買い込んだもんじゃなあ」

とシノヅキが呆《あき》れた様な感心した様な声で言った。

「しばらく掃除とか修理とか、あれこれやりたいので。買い物に行くと時間取られちゃいますからね」

「おお、確かに片付いておる！　トーリ、おぬしやるではないか」

「いや、まだまだですよ」

トーリは買って来たものをごそごそと整理しつつ、寝室に逃げて行こうとしているユーフェミアを捕まえた。

「寝るのはまだです」

「ご飯できたら呼んで」

「その前に冷蔵魔法庫《フリッジ》をください」

「ん」

ユーフェミアは台所に行くと、トーリが調理器具を引っ張り出して空になった物入れの前に立った。杖を向けてぽそぽそと何か唱える。魔法陣が展開し、それが棚の戸や壁に張り付いて行く。やがてそれが治まると、開いた戸の中から冷たい空気が漏れ出していた。

「ここ使って」

「すご」

あんまりあっさりしているから、却って嘘《うそ》じゃないかと思う。しかし物入れの中は確かにひんやりと冷たい。

ひとまず肉や野菜、卵などを入れ、粉や穀類は袋のまま籠《かご》に入れて置いておく。

暖炉に鍋《なべ》をかけて湯を沸かし、種々の野菜と豆とを煮込む。熾火《おきび》を取り分け、足つきの五徳の上にフライパンを置き、燻製《くんせい》肉と卵を入れて焼く。町で買って来たパンも切り分けた。シノヅキが鼻をくんくんさせている。

「うまそうじゃのう」

「まあ、口に合えばいいですけど。というかシノヅキさん、人の姿になれるんなら掃除とか料理とかできないんですか?」

「この家を片付けろと言われて引き受けるわけないじゃろうが、面倒くさい」

「……それもそうっすね」

「それにわし、ぶきっちょじゃもん。人間のおててには慣れとらん。細々と道具を使うとか、やりたくないわい。包丁使ったら指を怪我《けが》したし、洗濯物畳もうとしたらちぎっちゃったし」

とシノヅキは手をわきわきと動かした。確かに、普段が狼《おおかみ》の姿では人間の道具を使う様な機会はないだろう。それにしたって不器用すぎる気もするが。

「シノヅキさん、いつもどうやって暮らしてるんです」

「そりゃおぬし、魔界で狩り暮らしよ。フェンリル族一の戦士じゃぞ、わしは」

「あー、そうですよね。シノヅキさんすげえ強そうだったもん」

召喚された時の巨大な体躯《たいく》の威容を思い出し、トーリは身震いした。シノヅキは機嫌よさげにからからと笑う。

「そうじゃろそうじゃろ！　わははは。おいトーリ。シノヅキじゃ呼びにかろう、気軽にシノとでも呼べ」

「はあ。ユーフェミアさん、飯ですよ！」

トーリが怒鳴ると、寝室でごそごそいう音がして、ユーフェミアが出て来た。薄手のワンピースを着ている。

「いいにおい」

「はい、座って座って！　というか何か羽織ってくれませんかね⁉」

ワンピースが薄すぎて、何だか色々と透けて見えている。ユーフェミアは恥ずかしがるでもなく、自分の体に目を落とし、はてと首を傾《かし》げ、それでも部屋に戻ってカーディガンを羽織って来た。

「ユーフェが素直に言う事を聞くとは面白いのう、くくく」

たっぷりのベーコンエッグにパン、具だくさんのシチューと豪華な食卓である。ユーフェミアは「おお」と目を輝かし、シノヅキもよだれを垂らしている。

トーリは皿にシチューをよそい、ユーフェミアに差し出した。

「はい、ユーフェミアさん。シノさん、シチュー、結構熱いけど大丈夫ですか?」

「猫舌じゃねえで平気じゃ! 大盛りくれ、大盛り!」

「へいへい」

それでシチューをよそっていると、何だかジトっとした視線を感じた。トーリが目をやると、ユーフェミアが不機嫌そうな顔でトーリを見ていた。

「な、なにか?」

「シノの事、シノって呼んでる……」

「え? はあ、まあ。そう呼べって言われたんで」

「……わたしの事もユーフェって呼んで」

「はあ。ユーフェさん、でいいですか?」

「さん要らない。敬語もなし」

「はあ……まあ、そう言うならそうするよ」

トーリは学がないので、そもそも敬語が完ぺきではなく、砕けた言葉が混じっていた。ユーフェミアは見た目も年下だから、別段砕けた口調にするのは苦にならない。

ユーフェミアはむふーっと満足そうに頷くと、シチューに向き直った。何だか小動物というか妹の様だというか、やっぱり可愛《かわい》い。巨大で威圧感のある〝白の魔女〟のあの恐ろしい姿なぞ忘れてしまう。シノヅキはにやにやしている。

半熟の目玉焼きの黄身でユーフェミアの口の周りが汚れている。

「ユーフェ、口の周り。べったべただぞ」

「ん」

カーディガンの袖《そで》で拭《ふ》こうとするので、トーリは慌ててタオルを手に取った。

「袖で拭かない！　ほら、こっち向いて」

「ん……」

ぐいぐいと口の周りを拭いてやる。ユーフェミアはくすぐったそうに目を閉じて大人しく拭かれている。

「まるで赤ん坊じゃの」

とシノヅキはユーフェミアを馬鹿にした顔をしつつ、自分も慣れぬスプーンでシチューと格闘している。テーブルに汁がびちゃびちゃこぼれる。ついには業を煮やしたと見えて、スプーンを放り出して椀《わん》の中身に直接口を付けた。

「うーん、こりゃうまい！　生肉とは違くて、これはこれでええのう！」

「ちょっとシノさん、こぼしすぎ！　あんたも大概だよ！　誰《だれ》が片付けると思ってんの！」

「おぬしはその為《ため》に雇われたのじゃろ！　あ、その肉食わんならくれ！」

「それ俺のぉ！」

「トーリ、拭いて」

「なんでまた口の周り真っ黄色かなあ！」

騒がしい食事を終えて、片づけをする頃《ころ》には、トーリはすっかりくたびれていた。どうして飯を食うだけでこんなにくたびれねばならぬのだ、と思った。

ユーフェミアはうとうとと舟を漕《こ》いでいる。シノヅキはその頰《ほお》をつついて遊んでいた。トーリは掃除を再開しようと掃除道具を手に取る。

その時、開け放した玄関から何か飛び込んで来た。黒い鳥である。手紙を咥《くわ》えている。鳥はユーフェミアの肩にとまり、ちっちっと鳴いた。

「なんだ、その鳥」

「ん……わたしの使い魔。ギルドにポストがあって、そこに入った手紙を持って来てくれるの」

ユーフェミアは目を開けて、鳥が持って来た手紙を開く。それから立ち上がった。

「お仕事」

「おっ、モンスター退治か！　わははは、それを待っとったわ！」

ユーフェミアが杖《つえ》を振ると、寝室から宝石飾りの沢山ついたローブと三角帽子が飛んで来て、ユーフェミアの体を包む。その後で三角帽子もすっぽりと頭に着地した。

家の外に出ると、ユーフェミアの周囲を奇妙な光の渦が取り巻き、姿がぐんぐんと膨らんで〝白の魔女〟へと変わる。デカい、怖い、強いの三拍子《さんびょうし》揃《そろ》ったアズラク最強の冒険者である。

シノヅキも人からフェンリルへと姿を変えて、空に向かって吠《ほ》えた。

『やっぱりこの姿が一番じゃ！　ユーフェ、相手はなんじゃ？』

『甲殻竜だ。中々の実力だと聞き及んでいる。事の次第によってはスバルとシシリアも召喚せねばなるまい』

『ふん、あいつらに頼らずともわしがいれば十分じゃ。行くぞ、乗れいっ！』

ユーフェミアは巨体に似合わぬ身軽さでシノヅキにひらりとまたがった。そうして呆然《ぼうぜん》としているトーリに目を向けた。魔女の鋭い視線にトーリは凍り付いた。

『トーリ、つつがなく留守番の役目を果たすのだぞ。夜までには帰る』

「あ、はい。いってらっしゃいませ」

声色が怖い。口調も古強者《ふるつわもの》といった風で、いくら敬語はナシと言われても、あの姿では自然と敬語が口をついて出る。

『シノ、行《ゆ》くぞ』

『おう！』

シノヅキは遠吠《とおぼ》え一声、そのまま凄い勢いで駆け出した。途中から地面ではなく空中を踏んで駆け、たちまち姿が見えなくなる。

ぽかんとそれを見送っていたトーリは、ハッとして頭を振った。

「……まあ、これで掃除に集中できる」

そういえば、『泥濘《ぬかるみ》の四本角』にいた時も、こうやってクランメンバーを見送って、掃除や料理、買い物をしていたっけと思い出す。自分の仕事をしていたと思っていたが、戦っていたメンバーは、もう自分を仲間だとは見られなくなっていたらしい。

(バカ、あの時とはもう違うっての)

トーリは気合を入れようと頬をぱんと両手で叩《たた》いた。思ったより痛かったのでちょっと後悔した。

それで部屋の中の掃除を再開する。本をまとめ、ゴミを出して燃やす。服があれば洗濯籠に放り込んでおく。後でまとめて洗ってしまう予定だ。

「しかし、どうやったらここまで散らかせるのやら……何年分だよ」

ぶつぶつ言いながら、次々に出て来るものを選り分けて行く。

「……パンツ」

薄青いレースのパンツが落ちていた。くしゃくしゃしているから洗濯したものではないだろうし、ここで脱いだという事だろうか。家の中ならどこでも服を脱ぎ捨てて平気な顔をしているに違いない。だからこんなに服が散乱しているのだ。

(……というか、寝る時全裸なんじゃねえかな、あいつ)

いつも下着すらつけない上に薄着で出て来るのを思い出し、まんざらあり得ない話ではないと思う。

トーリはパンツも洗濯籠に放り込み、嘆息した。

「こう汚いと、変な気ももよおさねえな」

ともかく綺麗《きれい》にしようという気の方が先に立つ。パンツにムラつく気分ではない。

もうスライムも大ネズミも出て来ないし、片づけは順調である。積み上がった本を一か所にまとめているうちに、本に隠れていた扉が発掘された。

恐る恐る開けて中を覗《のぞ》き込むと、カビっぽい空気がトーリを取り巻いた。

「……風呂《ふろ》あんのかい」

風呂場《ふろば》だった。しかし長年使われていないらしく、あちこちカビだらけで、隙間《すきま》の空いた窓から蔦《つた》性の植物まで侵入している始末だ。苔《こけ》まで生えている所もある。

ここも掃除しなけりゃいけないなあ、とトーリは頭に手をやった。いや待て、しかし風呂がこの状態では、ユーフェミアは全然風呂にも入っていなかったという事だろうか。

(……でも臭くはなかったな)

むしろちょっと甘い様ないいにおいがした様な気がする。魔女恐るべし、とトーリは変な所でユーフェミアを尊敬し直した。

空き瓶の類を片付けると結構スペースが空いたので、本類はそこに積み上げておく。とうとうトーリの寝床であるソファも、その姿を完全に現した。

そうしているうちに夜が近づいたので、夕飯の支度である。台所と暖炉の間が片付いたので、種火が移動できそうだ。トーリは暖炉の熾火《おきび》をキッチンストーブに移し、そちらでも火を焚《た》き始めた。

暖炉と違って腰をかがめて調理する必要がなくなった。

生米を油で炒《いた》めて透き通った所に、野菜と肉のスープを少しずつ入れてリゾットに炊き上げ、仕上げに削ったチーズをたっぷりかける。

大きな魚は塩とハーブを振って暖炉の熾火の上で焼く。芋は鍋で茹《ゆ》でて皮を剥《む》き、塩とハーブ、オイルで和えた。

(もっとでかいオーブンが欲しくなるなあ)

トーリは料理が好きだ。どうせならおいしいものを作りたいといつも思う。まだ銅級《ブロンズ》だった頃、仲間たちと冒険に出た時には、いつも料理役を買って出たな、と思い出す。野外の料理と違ってここは調理場だが、設備に欲を出すときりがない。キッチンストーブに小さなオーブンはあるが、もっと大きなものがあれば焼き菓子なども作れそうだし、パンも沢山焼けそうだ。あれこれと想像を巡らすのは楽しい。

魚がじゅうじゅうといい音を立てて焼き上がる頃、ユーフェミアとシノヅキが帰って来た。もうユーフェミアは変身を解いて可愛《かわい》らしい少女の姿になっている。

「あ、おかえり。飯もうちょっと待って」

ぽふんと、ユーフェミアがトーリに抱き付く。ちょうど頭がトーリの胸の所に来るくらい身長差があったのに気づき、それから急に混乱した。

「なになになに」

「疲れた……褒めて。よしよしして」

「あ、はい。お疲れ様……」

何だかよくわからないままに、トーリはユーフェミアをよしよしと撫《な》でてやった。背中もさすってやると、満足げに目を細めて、ぐりぐりとトーリの胸に顔を擦り付ける。

（やっぱりこいつ距離感バグってんなあ！）

「腹が減った！　トーリ、飯じゃ、飯！　ええにおいがしとるなあ！」

シノヅキは何だか楽しそうに食卓についている。トーリは呆《あき》れた様に口を開いた。

「シノさん、魔界に帰らなくていいの？」

「ユーフェだけの時は残っても碌《ろく》な事にならんからさっさと帰ったがな！　こんな風にうまい飯にありつけるんなら、帰る意味なぞありゃせんわい！」

とシノヅキは笑いながら言った。フェンリル族一の戦士とは……とトーリは肩をすくめた。

ユーフェミアもシノヅキも、目をきらきらさせて夕餉《ゆうげ》を頬張《ほおば》った。

「このお米おいしい……チーズの味、好き」

「そいつはよかった。お代わりあるぞ」

「欲しい」

「わしも！　あ！　トーリ、その魚食わんならくれ！」

「だからこれ俺のぉ！」

4. スバル

翌日になると、また掃除が始まった。

一番早く起きたトーリは、朝食の仕込みだけ鍋《なべ》にやっておき、そのまま掃除にかかる。床がかなり見えて来て、紙屑《かみくず》などは大体燃やして片が付いた。においの元だった生ゴミも大体家の中から姿を消し、ようやく人が暮らす場所としての体裁が整い出して来たという風だ。

ともかく膨大な量の本を何とかしたいのだが、取捨選択はユーフェミアに任せる他ないだろう。起き出して来たユーフェミアとシノヅキに朝食を食わして、それから一度本を家の外に出した。虫干しも兼ねているが、単純に邪魔なのである。

「はい、シノさんこれ持ってってって」

「おう、任せろ。軽い軽い」

力持ちのシノヅキが手伝ってくれるから、本はどんどん外に運ばれて行く。ようやく粗方の本がなくなって、もうすっかり床が見える様になった。ソファと食卓なども全部外に一旦《いったん》出す。ともかく、あれもこれも一度は日光に当てた方がいいだろう。

そこまで床周りを片付けてから、天井の煤《すす》や蜘蛛《くも》の巣《す》を払い落とす段になった。照明器具から垂れ下がる埃《ほこり》まみれの蜘蛛の巣がずっと気になっていたトーリは、これで綺麗にできるぞと張り切って煤払《すすはら》いを手に持った。

「一度外出ててもらえます？　めっちゃ埃舞うんで……」

「わたし大丈夫だよ？」

「わしも大丈夫じゃよ？」

「いいから出て出て！」

ついでに要る本と要らない本を選り分けといてください、とユーフェミアとシノヅキを追い出す。口元を布で覆ったトーリが煤払いで天井を撫で回す度に窓から埃が噴き出して来て、外に追い出されたユーフェミアは、木の柵《さく》に腰かけて足をぶらぶらさせながら、面白そうにそれを眺めていた。

隣に腰かけたシノヅキがあくびをした。

「飽きもせずようやるわい。面白い男じゃのう」

「助かる」

天井を綺麗にし、床に落ちた汚れを掃き出して、家具や床を拭《ふ》き上げる。脚立に上って、照明器具のガラスも磨くと、今まで何となく薄暗かった部屋がようやく明るくなった様に思われた。

「あー……ちょっと小休止だな、こりゃ」

トーリは頭に巻いたタオルを取って、汗をぬぐった。

ぽてぽてと家の中に入ったユーフェミアが「おお」と言った。

「見違える様……」

「こんなんじゃったんか、この家は」

「いやあ、苦戦しました。昼挟んで本を中に入れるけど、選り分けてくれた？」

「ううん。全部要る」

「なんと」

ではすべて運び込まねばなるまい。

ふと、トーリは思いついて顔を上げた。

「あのさ、ユーフェの魔法でちょちょいと動かしたりできない？」

「できない」

即答である。

「何でだよ。めちゃ凄《すご》い魔法使いなんだろ？」

「大火力でモンスターを吹っ飛ばしたりするのは得意だけど、そういう細かいのは苦手。やろうとしたら本が燃えちゃう」

「でも冷蔵魔法庫《フリッジ》をすぐに作ったりはできたじゃんよ」

「あれは公式を貼り付ければいいだけ。細かい操作とか要らない」

「そもそも、そんな器用な事ができとったら、こんなに家が散らかっとらんわい」

とシノヅキが言った。確かにそうである。トーリは肩を落とした。

「世の中そう上手《うま》くはいかないって事ね……」

「ファイト」

ユーフェミアがそう言って、ぐっと拳《こぶし》を握った。トーリは嘆息した。

「はいはい……シノさん、手伝ってね？」

「ええぞ！　代わりにわしの飯に肉を増やしておくれな！」

「あ、はい」

何だか犬を餌付けしている気分になったトーリである。

ひとまず天井から落ちた埃や煤などを改めて綺麗にして、それから本を運び込む。簡単に昼食をとって、午後の陽《ひ》がすっかり傾く頃《ころ》には、本をすべて家の中に収める事ができた。

それから空の瓶やよくわからないものに占拠されていた本棚に仕舞い込む。薬瓶の棚だと思っていたら本棚だったので、トーリは呆れた。

「何で本棚なのに本が全然入ってないのよ……」

「読んでね、その辺に置いて、で、そのまま」

「片付ける癖をつけなさい！」

「だから代わりに瓶をね」

「本棚本来の役目を果たさせてあげなさい！」

どたどたしながらも何とか切りのいい所まで片を付け、夕飯の支度に入った。

粉に卵と油、水を加えてこね上げ、それを寝かしているうちに細かく刻んだ肉と野菜を炒め、そこに牛乳を注いで煮込んだ。塩と香辛料で味を調える。

ユーフェミアは今日は寝る気配はなく、料理をしているトーリを見つめている。何だか面白そうである。代わりという様にシノヅキがソファに寝転がってぐうぐう寝息を立てていた。

「その練ったやつ、どうするの？」

「延ばして切って茹でて麺《めん》にする。んでこっちのソースかけて食う。あとは昨日《きのう》から酢漬けにしといた野菜とゆで卵と……シノさん用に多めに肉をソテーする、と」

「おいしそう。トーリのお料理、好きだよ」

「……そいつはどうも」

何だか、こんな風に素直に称賛されるとむず痒《がゆ》い。トーリは表情が緩むのを感じて、わざとユーフェミアの方には顔を向けなかった。

その日の夕飯時、ユーフェミアはトーリの隣に座っていた。いつもは食卓の三方に一人ずつ座るのだが、今日はトーリとユーフェミアが並び、向かいにシノヅキが座っている状態である。

「……近くない？」

「近くないよ」

「食べづらくない？」

「食べづらくないよ」

「そう……」

なぜだかユーフェミアは満足げである。シノヅキはにやにやしている。トーリは諦《あきら》めて、茹でた麺にソースをたっぷりとかけ、チーズを削った。

夕飯を終えて、ユーフェミアとシノヅキが寝てしまってからも、トーリはほそぼそと本を仕舞い、床を掃き清めて、細かな整理をした。その甲斐《かい》もあって、翌朝にはとうとう居間がすっかり綺麗《きれい》になった。本は本棚に収められ、窓際の作業台も整頓《せいとん》された。片付いてみれば中々広い。

ユーフェミアがソファにころんと寝転んで、干してふかふかになったクッションに嬉《うれ》しそうに顔をうずめた。

「綺麗。ここでお昼寝できる」

「大したもんじゃわい。まさか本当に片付くとは」

シノヅキも感心した様に部屋の中を見回している。

朝食のスープをよそいながら、トーリは大きく息をついた。

「居間は終わりました、が。次は寝室。それから風呂場《ふろば》だな」

「なぬ？　風呂《ふろ》があるのか？」

「はい。でもひどい状態なんですよ。何とか使える様にしますけど」

「お風呂はいい。お風呂嫌い」

とユーフェミアはソファの上で仰向けになった。トーリの眉《まゆ》が吊《つ》り上がる。

「駄目！　お前は不潔すぎる！」

「魔法で何とかなるもん。体洗ったり、髪の毛洗ったりするの、面倒くさい」

「お黙り！　湯船に浸《つ》かる幸せを忘れたのか、この自堕落魔女め。絶対風呂も直すからな」

ユーフェミアはムスッとした顔をしていたが、それ以上口答えはせずに、クッションを抱きしめて目を閉じた。

トーリはふんと鼻を鳴らし、こんがり焼いたパンを皿の上に載せた。

ともかく、今日からは寝室の掃除にかかる事にしよう。しかし、その前に食料を少し買い足さねばならない。シノヅキまで残って毎食たっぷり食べるものだから、想定外に食料の減りが早い。

そう言うと、スープをすすっていたユーフェミアは顔を上げた。

「じゃあ、お買い物と、あとシノを魔界に強制送還」

「なんでじゃー！　もっといっぱい食材がありゃええんじゃろうが、ユーフェばっかりうまい飯食うのはずるいぞ！　ずるいずるい！　帰りたくなーい！」

とシノヅキは子どもの様に駄々をこねた。トーリはやれやれと頭を振った。

「シノさんが荷物持ちしてくれるならいいですよ」

「するぞ！　任せておけ、わははは！」

誇り高きフェンリル族とは、とトーリは思った。

しかしその時、手紙を咥《くわ》えた黒い鳥が入って来た。手紙に目を通したユーフェミアは、つまらなそうに眉をひそめる。

「……お仕事、入っちゃった。ちょっと長そう」

「なんじゃ、内容は」

「廃坑道に巣くった大蜘蛛のせん滅、だって」

曰《いわ》く、北の廃坑道の中にいつの間にか巨大蜘蛛が巣を張り巡らせていて、物凄《ものすご》い数に膨れ上がっているらしい。それが外に溢《あふ》れて近隣に被害を出し始めたので、坑道の中も一掃して欲しいという事らしい。

「他の冒険者もいるみたいだけど……坑道の中はわたしにやって欲しいって。中が入り組んでて危ないみたい」

「わははは、他の連中は外に出たのを潰《つぶ》す役割か。まあ、雑魚《ざこ》どもには丁度いい割り当てじゃろうて」

ユーフェミアが言うには、モンスター自体は強くない（ユーフェミア基準）のだが、数が多い上、坑道は入り組んでいてすべて見つけるには時間がかかるだろうという事である。

そうなると、買い物には行けそうもないか、とトーリは腕組みした。まあ、ユーフェミアもシノヅキもいないならば、わざわざ手の込んだ食事をこしらえる必要もあるまい。

朝食を終え、ユーフェミアは装いを整えて、杖《つえ》を握り締めた。

「多分、明後日《あさって》には帰って来る」

「わかった。気を付けてな」

「……おいしいご飯、期待してるよ」

「まあ、あるもんで何とかするよ。肉類は全部使っちゃったけど」

「燻製《くんせい》も？」

「うん。シノさんがめっちゃ食うから」

「シノ……」

「わしのせいじゃないもん！　出してくれたら食うじゃろ、そりゃ！」

ユーフェミアはむうと黙っていたが、やにわに思いついた様に杖を振った。魔法陣が展開し、ぎらぎらと光ったと思うや、そこから巨大な真っ赤《まか》な鳥が飛び出して来た。翼は炎そのものと言っていい様に燃え上がっており、なびく尾羽が美しい。トーリは驚いて後ずさる。

「うおおっ、なんだ⁉　フェニックスか⁉」

火を司《つかさど》る魔界の怪鳥である。フェニックスは上空を一回りして、ユーフェミアの前に降り立った。

『久しぶりに呼んでくれたね、ユーフェ！　ボクの力が必要なんでしょ？』

「そう」

『あははっ、このスバルちゃんに任せといてよ！　それで、敵はどこ？　全部燃やし尽くしてあげちゃうよ！』

「違う。敵はいない。トーリを町に連れて行ってあげて欲しいの」

『はあ？　トーリって誰《だれ》よ』

とフェニックスのスバルはきょろきょろして、トーリを見た。

『この冴《さ》えない男がそうだっていうわけ？』

「こりゃスバル。見た目で侮るでない。こやつは只者《ただもの》ではないぞ」

とシノヅキが口を挟んだ。

『あれっ、シノじゃん。あんたも呼ばれてたんだ。てか人の姿で何やってんの？』

「色々事情があるんじゃ。まあ、わしはこれからユーフェと一緒にモンスター退治じゃがなあ、わははは」

『えーっ！　なんでシノが一緒に行ってボクが行けないの⁉　やだやだ！』

「文句言うなら今度から呼んであげない」

『うえっ⁉　そ、それはやだよう。ユーフェ以外に呼んでくれる魔法使い、もういないんだもん……』

急にしゅんとするスバルである。ユーフェミアはむんと胸を張った。

「暴れる機会もあげる。トーリを送って、連れ帰って来てくれたら、わたしたちに合流すればいい。魔力を辿《たど》れば、わたしの場所はわかるでしょ？」

『むう……わかったよ。おい、トーリ、だっけ？　何だか知らないけど、さっさとしてよね！』

「あ、はい」

当事者なのに蚊帳《かや》の外だったトーリは我に返った。

「トーリ、お願いね。これ、お財布」

ずっしり持ち重りのするくらいの財布を渡されて、トーリは目を白黒させた。

フェンリルに続いてフェニックスまで使役するとは、やはりユーフェミアは尋常の魔法使いではない。流石《さすが》は〝白の魔女〟である。

『じゃ、乗って。ほらほら、はーやーく』

トーリは慌ててスバルの背中によじ登る。翼が燃えているので熱いのではないかと思ったがそんな事はなく、背中の羽根の表面はつやつやしていたが、何だか不思議と柔らかかった。

変身したユーフェミアは大狼になったシノヅキにまたがり、トーリはスバルに乗っかって、別々の方へと出かけた。

スバルは翼を羽ばたかせて舞い上がり、一気に加速した。流石にフェニックスは速い。トーリは背中にしがみつく様にして、飛ばされない様に必死だった。

「あのっ、スバルさん⁉」

『は？　なに？』

「町の外に降りてもらっていいですかね！　街中にフェニックスが降りて来たら、大混乱起こるんで！」

『ふーん。まあ、いいけど』

それで小一時間後にアズラクの外の平原に降り立った。

何だか今までの速度のせいで体の感覚がちぐはぐになりそうだったが、トーリは頭をぶるぶると振って、深呼吸した。スバルは退屈そうにあくびをした。

『んじゃ、ここで待っていりゃいいわけ？　ユーフェのトコ行きたいんだから、早くしてよね』

「あー……できたら、荷物持ちしてもらえると……」

『はあー？　このスバルちゃんに荷物持ちしろってえ？　ばっかじゃないの、アンタ。大体、町にフェニックスが行ったら大騒ぎになるって言ったのはアンタじゃん』

「シノさんは人化して手伝ってくれましたけど」

『そんなの知らないよーだ』

「そうすか。手伝ってくれた方が早いんだけど……まあ、できないなら仕方ないですね」

トーリが何気なく言うと、スバルは怒った様にくちばしをかちかちいわした。

『誰ができないって言ったんだよ！　見てろ！』

そう言うや、全身の羽根が逆立つ。そうしてぶわっと舞い散って渦を巻き、収縮したと思うや、そこには十歳くらいの年恰好の、燃え立つ様な赤毛の女の子が立っていた。

スバルは腰に手を当てて、ふふんと自慢げに胸を張った。

「どうだ！」

「ちっさ！」

「んなっ⁉　ちっさいって言うな！」

「というか服！」

例によって素っ裸である。トーリは慌てて自分の上着を着せて前を閉めた。これはこれで却って危ない様にも見えるが、裸よりはいいだろう。最初に服屋に行った方がよさそうだ。

スバルはだぼだぼの袖《そで》を振りながら顔をしかめている。

「でっかいし、ごわごわしてるし」

「すんませんね。服屋に行くまで我慢してください」

「あと変なにおいするし」

「しません！」

それでトーリとスバルは町に入った。目についた服屋に入って、服を見繕って欲しいと頼むと、変な顔をされた。

「……失礼ですが、どういったご関係で？」

「う……い、妹です。兄妹です。な、スバル？」

「は？　……そ、そうでーす。スバルとトーリおにいちゃんは仲良し兄妹！」

スバルは、きゃるん☆とポーズをとった。店員はまだ怪訝《けげん》な顔をしていたが、何も言わずに服を持って来てくれた。白いチュニックに紺のキュロットスカートである。

それで店を出た。トーリはかくんと肩を落とした。

「今のだけで超疲れた……」

「元気出しておにいちゃん☆」

「……それ、もういいんですけど」

「えー、なんか楽しいじゃん。にしし、ほらほら、買い物してさっさと帰ろっ」

それでようやく本来の用事に入った。トーリが色々と買い込むのに、スバルはいちいちこれは何にするのかとか、あれは買わないでいいのかとか、あれこれ口を出す。

「これは焼くんですよ」

「こっちは？」

「これも焼くんですよ」

「焼くばっかじゃん！」

「調理法にそんなに種類はないんですぅ！」

「ボクの炎で焼いてあげようか？　高火力だよぉ？」

「それはモンスター相手にしてください」

「……ねえ、敬語とか要らないよ、よそよそしいなあ。おにいちゃんなんでしょ？　もっと気楽に付き合おうよー」

「え、そう？」

「そうだよう、そんな風に改まられてたらこっちも肩凝るもん」

「まあ、そう言うなら……」

シノヅキといいスバルといい、魔界の住人は意外にフランクである。

（……鳥の肩って凝るのかな？）

もたもたしながらも買い物を続けるうちに、荷物が増えて来た。スバルは見た目こそ十歳程度の少女だが、フェニックスなので力は強いらしく、食材が満載になった木箱を担いで平然としていた。

「すげえな。流石はフェニックス」

「にしし、そうでしょー。あれー？　トーリおにいちゃんは大人の癖に力がないんだー。やーい、ざこざーこ」

「……雑魚《ざこ》だって一生懸命生きてるんだよ……」

「えっ……あ、ごめん……」

重そうな木箱を子どもが引っ担いでいるから、道行く人々の視線が少し痛い。ひとまず必要なものは揃《そろ》ったので、トーリは町を出て、フェニックスの姿に戻ったスバルに乗って帰った。

帰って、家で食材をしまい込んでいると、再び少女の姿になって家に入って来たスバルが素《す》っ頓《とん》興《きょう》な声を上げた。

「なんじゃこりゃーっ！」

「なんだよ、驚くだろ」

「えっ？　ここユーフェの家だよね？」

「そうだよ。めっちゃ掃除したんだよ」

「やっば！　アンタがやったの⁉　うひゃー！」

スバルはソファに飛び込んでごろりと仰向けになった。ぱたぱたと足を動かす。

「あの掃き溜《はきだ》めがこんなくつろげる空間になるなんて、おにいちゃんすごーい！」

「はいはい、どーも。てかスバル、お前ユーフェのトコ行くんじゃないの？　遅れるぞ」

「あの食材がどうなるか気になるんだもーん。何か作ってみてよ、ほらほらー」

偉そうである。トーリは肩をすくめて、冷蔵魔法庫《フリッジ》に肉の塊をしまい込んだ。

ユーフェミアたちが帰って来る予定の明後日《あさって》までは、そこまで手の込んだ料理をするつもりはなかったのだが、スバルがいるのでは少しはうまいものを作ってやった方がいいだろう、と魚を一尾ぶつ切りにして軽く塩を振り、小麦粉をまぶす。

「それ焼くの？」

「いや、揚げる」

多めの油で揚げ焼きにし、別の小鍋《なべ》で塩漬けの小魚と香味野菜、水煮のトマトなどでソースを作って、揚げた魚にからめた。皿に盛って、蒸かした芋とパンを添えて出す。

「わー、何これ？」

「何だろう……名前はないけど、飯だ」

「どれどれ。あちちっ！」

とスバルは手づかみで食おうと魚に触り、驚いて手を引っ込めた。

（フェニックスが熱がっている……）

火を司《つかさど》る魔鳥ではなかったのだろうか。

まあいいや、とトーリはフォークを手渡した。

スバルはシノヅキと同様に食器の扱いに慣れていないらしく、握る様な持ち方でおっかなびっくり揚げた魚を刺し、大口でかぶりついた。

「あふっ！　んんっ、ふっ、はっはふ！　んまっ！」

「一度にそんな頬張《ほおば》る奴《やつ》があるか！　ああ、こぼれてるこぼれてる！」

トマトソースが顎《あご》から垂れて、白いチュニックを汚す。トーリは大慌てでタオルを持って来た。

スバルは気にせずむしゃむしゃ咀嚼《そしゃく》している。目がきらきらしている。

「めちゃうま！　もっとちょうだい！　これもらうね！」

「それ俺のぉ！」

「いいじゃん、お願いおにいちゃーん。いいなあ、ユーフェもシノも、いつもこんなん食べてるんだー。もぐもぐ」

とスバルは嬉《うれ》しそうにソースの載ったパンをかじっている。

しまった、下手《へた》にうまい飯なんぞ食わせず、蒸かした芋だけ食わして行かせればよかった、とト

ーリは後悔した。これではシノヅキだけでなく、スバルまでここに居座って毎食食う事になるではないか。

しかし、うまそうに料理をぱくつくスバルを見ていると、何となく嬉しい気分になるのも確かである。『泥濘《ぬかるみ》の四本角』時代に、くたびれて帰って来る仲間の為《ため》にと、料理を作るとなるといつも気合を入れていた事を思い出す。

自分一人の為ならばいくらでも手を抜いていたが、食わせる相手がいるとなると、トーリはどうにも手抜きができない。どうせならうまいものを食って欲しいといつも思ってしまう。

これも因果と諦《あきら》めて、トーリは著しく減った自分の食事を口に運んだ。

○

北坑道はアズラクがまだ規模の小さい炭鉱町だった頃《ころ》に全盛期を迎えていたが、次第に鉱石の出が悪くなり、やがて炭鉱町から貿易の要《かなめ》とモンスター討伐の拠点へと変わる頃には、その役目を終えて廃坑となっていた。

入り口は長く封鎖されていたのだが、その間に中にモンスターが住み着いたらしく、それが今回外に溢《あふ》れ始めた事によって異常がわかったという事だ。

坑道近くの平原では、溢れて来た大蜘蛛《おおぐも》がぞろぞろとうごめいており、それに相対する冒険者たちが、クラン単位で蜘蛛たちと戦っていた。

その中心部で前に押しているのが白金級《プラチナ》クラン、『蒼の懐剣』である。

いくつかの白金級《プラチナ》クランのメンバーが統合されたそのクランは明らかに他のクランと一線を画す戦力を保持しているらしく、大蜘蛛ものともせずに攻め立てた。ギルド主導で複数の白金級《プラチナ》のクランが統合され、戦力に隙がない新生クラン『蒼の懐剣』は、アズラクでも一、二を争う実力派のクランになっている。

会計から道具の管理まで、冒険者ギルドから専門の人員が派遣されており、その為冒険者たちは後顧の憂いなくモンスターと戦い、ダンジョンを探索した。それが結果的にアズラクのギルドを利する事になるので、ギルドも支援に手を抜かない。

「押せ！　入り口を確保するぞ！」

元『泥濘の四本角』のリーダーで、『蒼の懐剣』でも中心メンバーを務めているアンドレアが長剣を振りかざして叫ぶ。大盾を持つ彼はタンク役が主だが、常に冷静さを崩さない為、指揮役を任される場面も多かった。

他のメンバーはそれに呼応し、鬨《とき》の声《こえ》を上げてモンスターを蹴散《けち》らす。スザンナの双剣が素早く動いて蜘蛛の足を寸断し、ジャンの魔法が空中から降り注いで胴体を焼き尽くした。

「アンドレア、右翼組が押され気味っぽいぞ！」

とメンバーが叫ぶ。アンドレアは舌を打った。

「チッ、背後を取られると厄介だな……前進中止！　スザンナ！　二班を率いて右翼組の援護に向かえ！　他はここで敵を食い止めるぞ！　右翼が持ち直したら前進を再開する！」

とアンドレアは大盾を構えて前に出た。

戦況は膠着状態《こうちゃくじょうたい》であった。冒険者たちも腕利きが揃ってはいるが、大蜘蛛も数が多く、一匹一匹がタフだ。しかも子蜘蛛も交じっていて、予期せぬところから牙《きば》を剥《む》いて飛びかかって来たりする。熟練の冒険者ほど、むやみやたらと攻め続ける事はしない。適時後退して損害を抑える事を優先するので、モンスターの数が多いほど戦闘は長引く傾向にあった。

その時、空から影が差した。次いで、白い光弾が雨あられと降って来る。それは正確に蜘蛛ばかりを撃ち抜き、坑道から攻め寄せていた蜘蛛の数を瞬く間に減らした。

「こ、これは……」

「来た！　〝白の魔女〟だ！」

誰《だれ》かがそう言って空を指さす。目をやれば、宙を駆けるフェンリルにまたがった大柄な魔女が、赤い瞳《ひとみ》で眼下を睥睨《へいげい》していた。

アズラク最強の冒険者〝白の魔女〟。『蒼の懐剣』のメンバーたちも、その実力に呆気《あっけ》にとられて思わず動きを止める。

フェンリルは地響きと共に着地した。そうして恐ろしい吠《ほ》え声を上げて、蜘蛛たちに襲い掛かる。魔界の戦士の恐ろしさに、大蜘蛛たちも泡を食ってわらわらと逃げている。

「……戦況が一気に変わったな」

「ええ。彼女が来ただけなのに」

アンドレアもジャンも、半ば諦めのこもった声で呟《つぶや》いた。自分たちも白金《プラチナ》級という最上級の格付けのクランである自負はあるが、〝白の魔女〟だけは別格だ。

フェンリルは蜘蛛をたちまち蹴散らし、坑道の入り口までの道が開けた。魔界の幻獣を、中でもフェンリル族の様な最上位種を使役できる魔法使いは、片手で数えられるだけしかいない。

坑道の中の蜘蛛は〝白の魔女〟に任せるというのがギルドの方針だ。そうして外に出て来た蜘蛛を他の冒険者が仕留める。

アンドレアは長剣を鞘《さや》に収めた。

「まったく、出る幕がない。あとは消化試合だな」

「規格外にもほどがありますね」

ジャンも苦笑する。

ふと、〝白の魔女〟が振り向いた。恐ろしい形相をしている。視線がアンドレアたちに向き、元『泥濘の四本角』の面々は思わず凍り付いた。

こちらを見たのはただの気まぐれと思ったが、そうではなかった。〝白の魔女〟が大股《おおまた》で近づいて来ると、アンドレアでさえ息を呑《の》んだ。比較的大柄な戦士であるアンドレアよりも、魔女は縦にも横にも大きい。

間近で見ると、魔女の威圧感は半端ではなかった。全身から魔力が溢れている様だ。

白い髪に、純白のローブと三角帽子と全身白いのだが、雰囲気は恐ろしい。実力者揃《ぞろ》いの『蒼の懐剣』のメンバーだが、誰もが恐怖に震えて黙っていた。

「……な、何か?」

アンドレアは勇気を奮い、小さく震えた声でそう言った。

『うぬらが「泥濘の四本角」、か。いや、今は元、であったな』

声は低く、重厚で恐ろし気に響いた。腹の底を掴《つか》まれる様な声だった。

アンドレアは青ざめながらも頷《うなず》く。向こうに認知されていたというのが、喜んでいいのか悲しむべきなのかもわからない。

「そ、そうだが……」

『トーリは、我が預かった』

トーリを知るメンバーたちはギョッと表情をこわばらせた。スザンナが緊張気味に前に出て口を開く。

「あ、あの、それって、どういう事？」

『そのままの意味である。元仲間のうぬらには、伝えておくのが礼儀だと思ったのでな』

「ト、トーリをどうしてるんですか⁉　む、無理やりに連れて行ったわけじゃないですよね⁉」

スザンナは怯《おび》えながらも言葉を紡ぐ。他のメンバーが慌てている。〝白の魔女〟は「ふむ」と言って顎を撫《な》でた。

『初めは強引だったかも知れぬ……しかし、今では奴もすっかり慣れた。我も頼りにしている次第だ。あの男は只者《ただもの》ではない。魔窟《まくつ》と呼ばれた我が家の管理は奴にしかできぬ』

『蒼の懐剣』のメンバーは息を呑む。あの〝白の魔女〟をして、そこまで言わせるとは、トーリとはいったい何者なのだろう、とトーリの事を知らぬメンバーは囁《ささや》き合った。

『……我は坑道の中を任されている。失礼するぞ』

それだけ言って、〝白の魔女〟は踵《きびす》を返した。既に蜘蛛をせん滅していたフェンリルと共に、坑道の中へ入って行く。

立ち尽くしていた元『泥濘の四本角』の三人は、困惑気味に顔を見合わせた。

「トーリ……まさかそんな事になっていたなんて」

「どういう事なんだ？　あいつ、そんなに強かったか？」

「ううん……悪いけど、やっぱりトーリは弱かった、と思う……」

そこに『蒼の懐剣』のメンバーがわっと詰め寄せて来た。

「おい、どういう事だよ！」

「〝白の魔女〟があそこまで信頼を置く奴《やつ》が、お前らの仲間だったのか⁉」

「なんでここにいないんだよ！」

質問攻めに、元『泥濘の四本角』のメンバーはうろたえた。アンドレアが困惑しながらも説明する。

「い、いや……クラン統合の際に、実力不足でこっちに参加できなかったんだ。それはギルドの意向でもあった」

「ウッソだろ、お前！　〝白の魔女〟の家を守ってるって今言ってたよな⁉」

「〝白の魔女〟は魔界に住んでるって噂《うわさ》があるぞ」

「そうでなくても、きっと周囲にやべえモンスターが溢れてる場所に間違いねえよ！」

「大体、今あいつ自身が魔窟って言ってたよな？」

「まさか、家そのものが高難易度のダンジョンみたいなもんなんじゃ……」

「そんな所の守りを任される奴が実力不足とか絶対嘘だろ！」

〝白の魔女〟はそのプロフィールのほぼすべてが非公開であるゆえに、様々な憶測が飛び交っていた。

住んでいる場所にしても、魔界、魔境の奥の奥、モンスターと貴重な素材の溢れている地、霊峰の頂上、大鉱脈の最深部、失われた秘境の廃神殿など、人々は勝手に想像して噂し合った。また正体に関しても、脈々と継がれて来た魔法の大家の末裔《まつえい》だとか、両親が魔界の住民だとか、魔王が親類にいるとか、果ては彼女自身が魔王だとか、色々言われている。

ともかく、正体不明でプライベートが一切わからないがゆえに、畏怖《いふ》され続けているのである。その〝白の魔女〟が頼りにしている。自らが『魔窟』と称した家の管理まで任されている。そんな男が只者である筈《はず》がない。

アンドレアはジャンとスザンナを見た。

「……信じられない、が」

「ぼ、僕もです。けれど〝白の魔女〟がわざわざ嘘を言うでしょうか？」

「トーリ……ホントはすごく強かった、とか……？」

実力を隠し、裏方に徹していたとしたら？　しかしそんな事をする理由がわからない。偉そうにしていた自分たちを腹の底で馬鹿にして楽しむ為《ため》？　しかしそんな風には思えない。少なくとも、トーリは嫌な奴ではなかった。戦闘では役立たずだったが、他の事は一生懸命にやってくれていたし、ぶっきらぼうながらも、なにくれと気を回してくれる男だった。

だから三人はトーリの事を嫌っていたわけではなかった。ただ実力不足だけは抗《あらが》い様のない事実として受け入れる他なかった。それだけだ。

だが、その実力不足が事実ではなかったら？

「……俺らの事、馬鹿にしてたんだろうか」

「そ、そんな筈ないよ！　シリルの……弟の事、本当に心配してくれてたんだよ!?　お見舞いにやってくれ、って焼き菓子とかおもちゃとか用意してくれたし……」

「でも…… 〝白の魔女〟に認められるだけの実力を、どうして『泥濘《ぬかるみ》の四本角』では発揮してくれなかったんでしょう？」

「それは……」

「……今更言っても詮ない事だがな。俺たちはここでやって行くしかねえ」

坑道から、〝白の魔女〟に追い立てられて逃げて来た蜘蛛が何匹も這《は》い出して来た。

考えるのは後だ。ともかく仕事を完遂せねば。

『蒼の懐剣』は陣形を整え、大蜘蛛に向かって行った。

5. 寝室、風呂《ふろ》

いよいよ寝室にかかる。扉の前に仁王立ちしたトーリは、深呼吸してから扉を開けた。

過去の居間と似た様な光景が広がっている。本と服とが散乱し、どうやらお菓子の箱らしいのがいくつも転がっていた。くしゃくしゃと丸めて捨てられた紙屑《かみくず》もあり、蜘蛛の巣《す》が埃《ほこり》をくっつけて、天井から垂れ下がっていた。

初日に一回覗《のぞ》いたが、相変わらずひどい。こんな部屋でよく眠れると思う。

トーリの後ろから覗き込んだスバルが「うひゃー」と言った。

「これこれ、ユーフェの家はこうじゃないと」

「こうだと困るんだよ。スバル、お前、行かないなら手伝えよ」

「えー、面倒くさーい」

「外でゴミ燃やしてくれるだけでいいから」

「あ、そういうのならいいよー」

ひどい様相だが、居間の半分以下の広さしかないから、まだ楽と言えそうだ。しかもベッドが三、四人は並んで眠れそうなくらい巨大なので、その分ものも少ない様に見える。

傍らには確かに冷蔵魔法庫《フリッジ》らしきものが置いてあって、その前に飲み物の空き瓶が沢山転がっていた。手を伸ばして丁度いいくらいの距離である。どうやら、このベッドを端から端へ転がりながら、寝たり飲んだりしているらしい。

（ユーフェの奴、寝る事に全力を注いでるっぽいな）

まず窓を開け放ち、風を入れる。それだけで部屋の埃が舞い上がった。

それで紙屑やお菓子の箱などをまとめて庭に放り出す。積み上げたそれに、スバルが火を点けた。流石《さすが》にフェニックスの火は強力で、紙屑はたちまち灰になった。

ついでに布団も全部干してしまおう、とトーリは意を決して布団を抱え上げた。汗やら汚れやらですえたにおいがするものだと覚悟していたが、なんでか甘い様ないいにおいがする。何なんだ、あいつは、とトーリは片付かない気分になった。

空き瓶は洗えば何かに使えそうだ。ユーフェミアは魔女だから、薬の入れ物にもなるだろう。だからひとまとめにしてとっておく事にする。

寝室の奥に扉があった。まだ部屋があるのか、とげんなりしつつ、ドアノブをひねってみたが鍵《かぎ》がかかっている。入れないならば仕方がない。後回しで構わない。

ゴミを捨てて燃やし、服は集めて、本類など床周りのものを居間に避難させてから、ベッドや家具など、移動が難しいものに大きな布をかけて養生し、それから天井の汚れを落とす。そうしないと下にあるものが埃まみれになる。

トーリは口元に布を巻いて、煤払《すすはら》いで天井を撫でた。ひどい量の汚れが落ちて来て、目がちくちくする様だ。しかしここには炉がないから煤《すす》汚れはなかった。その分まだ楽である。

辺りが暗くなる頃《ころ》には床まで綺麗《きれい》に掃き清めて、雑巾《ぞうきん》で拭《ふ》き上げた。見違える様に綺麗である。干した布団は温かく、日の光のにおいがした。それをベッドに元通りに敷いておく。

スバルが面白そうな顔をしている。

「こんなになるんだ。すごいすごーい。おにいちゃん、やるじゃん！」

「はいはい、どーも。今日は終わりだな。晩飯作るか」

「いえーい！」

「結局、お前ユーフェのトコに行かなかったな……」

「だって手伝えって言われちゃったらさー、仕方ないじゃん？」

「俺が引き留めたみたいな言い方をするな！　お前、飯が食いたいだけだろうが！」

「えー、寂しいおにいちゃんに付き合ってあげてるのに、心外だなあ。可愛《かわい》いスバルちゃんと一緒にいられて、嬉《うれ》しいでしょー？　にししっ」

とスバルはくすくす笑っている。フェニックスとはいったい、とトーリは思った。

蒸かした芋を潰《つぶ》して粉と混ぜ、小さくちぎって茹《ゆ》でる。昼の余りのトマトソースに水と具を足してスープ状にし、茹でた生地を入れて煮込んだ。塊肉から少し切り取って、塩と香辛料を振って焼いた。

木べらで肉をひっくり返すトーリを見て、スバルが言った。

「器用だなあ。ボク、そういうのできない」

「まあ、元の手、羽根だもんな」

シノヅキにしても、スバルにしても、普段の姿は獣だから、人間の体の扱いはさほど得意ではないらしい。特に指先の細かい動きなどは難しく、道具を使うなども苦手の様だ。

それで夕飯を終えた。スバルは主人が留守なのをいい事に、ふかふかのベッドに飛び込んで思う存分その感触を堪能している。トーリはいつも通りソファに寝っ転がった。

そうして一夜明けて翌日である。癖で夜明け前には目を覚ますトーリは、むくりと起き上がって水を飲んだ。

野菜と燻製肉《くんせい》でスープを作り、そこに麦を入れて粥《かゆ》にする。それが煮えている間に、寝室の床を改めて雑巾で拭き上げ、本を本棚にしまう。順番などはわからないから適当だが、居間の本もそうだったし、それでユーフェミアも何も言わなかったら大丈夫だろう。

本の片づけが終わる頃には、もう明るくなっていた。しかし空には雲がかかって、少し薄暗い。事によると一雨来そうな雰囲気である。昨日《きのう》布団を干してしまってよかった、とトーリは思った。

麦粥もいい具合に煮えている。

ユーフェミアのベッドでだらしなく寝息を立てているスバルを小突いた。

「起きろ、朝だぞ」

「んむぅ、ぐ……」

スバルはごろんと寝返りを打ってうつ伏せになり、枕を抱きしめる様にして顔を埋めた。そうしてぐうぐう言い出す。

「いや、起きろって。起きねえとくすぐるぞ」

「うぎゃぎゃ！」

わき腹を引っ掴《ひつか》む様にくすぐると、スバルは身もだえして足をばたばたさせた。それでも枕にしがみついて頑強に抵抗する。

「……朝飯、食わないのか？」

「食べる！」

パッと跳ね起きた。フェニックスとは。

朝食を終える頃に、ぽつぽつと雨が降り出した。あまり強い雨ではないが、すぐ止《や》みそうな気配ではない。渇いていた地面がしっとりと濡《ぬ》れ、草木の緑が一気に濃くなった様に思われた。

スバルは相変わらずごろごろしている。

「おい、ユーフェたちの所に行かないでいいのか」

「雨降ってるもん」

いいのか、それで、とトーリは思ったが、自分が口を出す事でもないかと、それ以上は何も言わなかった。

寝室も粗方済んだし、風呂場《ふろば》の掃除にかかる事にした。

まず窓から這い込んでいた蔦《つた》を引っぺがす。枯れた古い葉や皮がぼろぼろ落ちて床に散らばった。それらを箒《ほうき》で掃き集めて外に放り出す。

それから箒で天井を掃き清め、ブラシで苔《こけ》をこそぎ落とし、壁や天井のカビを雑巾で拭いた。

もう長い事使われないまま放っておかれたらしい石鹸《せっけん》やシャンプーの瓶は、もう使えないと判断して廃棄したが、いくらかは使えそうなものもあって、そういうものはとっておく。

風呂場には風呂場用の井戸が設えられており、これも手押しポンプで水が出る様になっていた。

トーリは外の井戸から水を汲《く》んで来てポンプに入れると、取っ手を上げ下げした。やがてごぼごぼ音をさして、濁った水が出て来た。しかししばらく流しっぱなしにしていると水が澄んで来た。

「よかった、使えそうだ」

調理場にも井戸があったし、結構いい物件である。綺麗にすれば住み心地のいい家になりそうだ。

風呂釜《ふろがま》も錆《さび》こそ浮いていているが穴は開いていない。どうやら外に焚き口《たぐち》があって、そこで火を焚いて湯を沸かすシステムらしい。

ブラシで風呂釜の錆をこそげ落としてから、ふと外に出られる扉が目についたので、出てみた。出てすぐに下屋が出ていて、風呂の焚き口と、すっかり古びて油も抜けてしまった薪《まき》が積み重ねられていた。ここも蔦や雑草に覆われて、トーリが近づくと大小の羽虫が飛び出した。

(ははあ、ここで焚くわけね)

しかし、風呂を経由しなければ出られないなら、玄関から行く場合は結構回らないと駄目だな、とトーリが思っていると、屋敷側に別の扉があった。どうやら焚き口のある家の裏手に出る扉らしい。しかし家の中にそんな扉があっただろうか、とトーリは思った。

変だなと思って中から見ると、大きな本棚が扉の前にあって、すっかり隠されていたのだった。

「ユーフェの奴《やつ》、風呂使わないからって……おいスバル」

「なぁにー」

「この本棚ちょっとずらすぞ。後ろに出入り口があるんだ」

「えー、本棚も一人で動かせないの、おにいちゃーん？」

「動かせるわけねえだろ、本が満載だぞ。妙なロールプレイしてねーで手伝ってくれよ」

「本出してから動かせばいーじゃん。雑魚《ざこ》なだけじゃなくて頭も悪いのぉ？」

「おめーこそ、フェニックスの癖に本棚一つ動かせねーのかよ。やーい、ざこざーこ」

「なんだとー！　誰《だれ》が動かせないって言ったんだよ、見てろよ！」

とスバルはぷりぷりしながらやって来て、本棚に手を置くとずずと横に押し動かした。

(こいつちょろいな……)

魔界の幻獣の意外な扱いやすさに、トーリはほくそ笑んだ。スバルは腰に手を当ててむんと胸を張る。

「どうだ！」

「いやあ、流石《さすが》はフェニックス！　おみそれしました。お菓子でもあげよう」

昨日買って来た焼き菓子をくれてやると、スバルはすっかり機嫌を直した。やはりちょろい、とトーリはにやりと笑った。

アズラクの町であっても個人宅に風呂を持っている者は少ない。町には共同浴場があり、人々は基本的にそこを使っている。自分の好き放題に入れる風呂があるというのは贅沢《ぜいたく》である。

昼食を終えてから、焚き口周りも何とか綺麗にした。下屋の軒先から雨水がぽたぽた垂れている。

まだ止みそうにない。

もう午後になって、雲に隠れた太陽が西に傾いている形勢である。日差しはないが、少し暗さが増した様に思われる。

風呂場まで片付いた事で、概《おおむ》ね掃除が終了したと言っていいだろう。しかし、細々した部分をもう少し整理せねばならない。しかも雨が降っているせいで、大量の洗濯物が干せない。

(風呂場が直ったから、洗濯自体はできるな……部屋干ししとくか)

暖炉で火を燃やせば、部屋干しでも十分に乾くだろう。

「ついでだし、風呂がちゃんと沸くか試してみるかな」

風呂釜に水を溜《た》め、外の焚き口の灰を掻《か》き出して、暖炉の火種をくべ、薪を重ねて火を点ける。

ぶうぶうと息を吹きかけると、火は勢いよく燃え上がった。

やがて問題なく湯が沸いた。釜《かま》にまだ汚れが残っていたらしく、少しお湯が濁っているが、洗濯に使う分には問題なさそうだ。

トーリは風呂場に桶《おけ》を持ち込んで、そこにお湯を汲み出し、家じゅうから集めておいた服をじゃぶじゃぶ洗い出した。石鹸を溶かした温かいお湯に服の汚れが溶け出す。

「意外に少ないな……まあ、その方が助かるが」

部屋に散らばっている時には服もかなりの量に見えていたのだが、集めてみればそれほどではない。無論、それでも少ないわけではないのだが、とんでもない量の本や紙屑《かみくず》と戦った後のトーリには相対的に少なく見えているらしい。

下着肌着の類も容赦なく洗っていく。普段ならばちょっとドギマギしそうなものだが、今はともかくこの洗濯物を片付けてしまいたいという思いの方が強い。パンツなぞにかまけている場合ではないのだ。

お湯が少なくなったので、風呂《ふろ》釜をこすって洗い直してお湯を捨て、改めて沸かし直す。お湯は綺麗になり、もう浸《つ》かる事もできそうだ。

「わわわっ！　ちょ、ごめんなさい、ごめんなさい！」

洗濯の後片づけをしていると、何やら居間の方が騒がしい。スバルが騒いでいる。

何だと思って振り返ると、勢いよく風呂場の戸が開いて、ずぶ濡れのユーフェミアが突っ立った。

三角帽子からぽたぽたと水を垂らし、頰《ほお》を膨らましている。

「あれ、ユーフェお前、帰って来るのは明日だったんじゃ……」

ユーフェミアはそれには答えず、つかつかとやって来てトーリに抱き付いた。

「おわっ、びしょ濡れじゃねえか！」

「……ばか」

ユーフェミアはそう言って、トーリの胸元に顔を押しつけた。

トーリはわけもわからず、ひとまずユーフェミアの三角帽子を脱がし、頭をぽんぽんと撫《な》でた。

「おお、風呂も綺麗になっとるではないか」

シノヅキが来た。こちらも髪の毛が濡れている。

「シノさん、お早いお帰りで」

「それよ。スバルの奴がちっとも来やせんでな。あの暴れん坊がモンスター退治に来ないなぞ怪しい、とユーフェが言い出したんじゃ」

ユーフェミアはむくれたまま顔を上げて、トーリを上目遣いで見た。

「……スバルがトーリのご飯独り占めしてたんでしょ？」

「あー……まあ、そうだなあ」

トーリは苦笑いを浮かべた。シノの後ろでスバルがごまかす様な笑みを浮かべている。

「ま、そういうわけで明日までかかる筈《はず》の仕事を、急ピッチで進めてな。休む事なく蜘蛛《くも》どもを一網打尽にして、さっさと帰って来たわけじゃ」

それができてしまう辺り、流石は〝白の魔女〟とフェンリルだ、とトーリは思った。ユーフェミアはむうと口を尖らしたまま、両手を伸ばしてトーリの頬を挟んだ。

「ご飯。お腹空《なかす》いた」

「わかった、今から支度するから……」

とりあえず洗濯が終わっていたので、洗って絞った洗濯物を籠《かご》に入れて居間に出た。

「おいユーフェ、そんなずぶ濡れじゃ寒いだろ。ちょうど風呂沸いてるから浸かっちまえ」

「やだ。お風呂嫌い」

「拒否権はない。風呂に入らないなら晩飯もなしだ」

「そんなの横暴。雇い主の意向は尊重するべきそうするべき」

「お黙り。雇い主の健康を維持するのもお手伝いの役割だ！」

「……じゃあ、一緒に入って」

「なぬ？」

「体洗ったり、髪の毛洗ったりするの面倒。トーリが洗ってくれるなら、入る」

本気で言っているらしい。ユーフェミアはもそもそと服を脱ぎ出した。

トーリはバッとシノヅキとスバルの方を見た。どちらも面白そうな顔をしている。

「ど、どちらか、ユーフェの世話を」

「くくくっ、雇い主の世話はおぬしの仕事じゃろ？」

「頑張れおにいちゃん☆」

「貴様らぁ……」

何だか墓穴を掘った様な気もするが、こうなっては止《や》むを得ない。トーリは意を決した。

○

白くて艶《つや》のある肌は、水を玉の様に弾く。目の前に座るユーフェミアの背中はすべすべつやつやとしている。

流石に自分も脱ぐわけにはいかぬ、とそこだけは譲らなかったトーリは服を着たまま、唇をかみしめながらユーフェミアの髪の毛を洗う。まだ未開封の石鹸があって、それはカビも生えておらず使えそうだったので、それを十分に手で泡立てて、ユーフェミアの白い髪の毛にかける。そうしてわしゃわしゃと洗った。

ユーフェミアは目を閉じながらほうと息を吐いた。

「いい気持ち……」

「そうだろう、そうだろう。だから自分でな」

「やだ」

ユーフェミアは背こそトーリよりも低いけれど、体つきは均整がとれており、きちんと出る所は出ている。胸などは体格の割に大きめだと言ってもよい。

必死に目をそらし続けるトーリだが、見なければ見ないで、変な所に手が行きそうで、結局見たり見なかったり、非常にもどかしい思いをしていた。

髪の毛を洗い流し、湯につかない様に団子に結い上げた。

「よし、浸かっていいぞ」

「体がまだだよ」

「流石《さすが》にそれは……」

「やるって言うから入ったのに」

「……じゃ、じゃあ、せめて背中だけな？　前は自分で」

「どうして？」

「どうしてってお前、仮にも男に胸だの何だのをわしゃわしゃ洗われるのは嫌だろうが！」

「……トーリなら、別にいいけど」

「な！」

思わずトーリは凍り付いた。どういう意味だろうなどと考える間もなく、頭の中は混乱一色である。

動かなくなったトーリを見て、ユーフェミアは小さく嘆息した。

「……でもいい。わかった。背中、洗って」

そうして向こうを向いて黙った。

何だか非常なチャンスを逃した様でもあり、助かった様でもあり、トーリは曖昧《あいまい》な気分でユーフェミアの背中を洗った。泡の立ったタオルが肌を撫でる。白磁の様な肌を見ると、非常な高級品に触れている様で、思わず手つきが慎重になった。

大人しく洗われていたユーフェミアが口を開いた。

「あのね、『泥濘《ぬかるみ》の四本角』に会ったよ。あ、今は元、だね」

トーリはぴくっと反応したが、そのまま手を動かした。

「そうか……何か話したのか？」

「うん。トーリはわたしが雇ったって言っといた。一応」

つまり、彼らは自分がここにいる事を知っているわけだ。今更どうこう言う話ではない。何だって別に構うもんか、とトーリは口を結んだ。どのみち、ここにいる自分と彼らが会う事はあるまい。

「……元気そうだったか？」

「うん。ちょっと怖がられたけど」

そりゃあの老婆の姿で話しかけられれば怖いだろう。トーリは思わず笑ってしまった。

「まあ、やれてるなら何よりだ。あいつら、お前から見てどうだ？　強いか？」

「強いと思う。白金級《プラチナ》なのは嘘《うそ》じゃない。わたしよりは弱いけど」

「そりゃだって、お前……まあいいや。流すぞ」

湯を汲《く》み出して背中の泡を流してやる。つやつやした白い肌に玉になった水滴が残って艶《なま》めかしく、その白さが助長される様に思われ、再びくらっと来た。

「じゃ、じゃあ後は自分でな」

とトーリは逃げる様に風呂場《ふろば》を出た。ソファに腰かけてだらけていたシノヅキとスバルが顔を上げた。

「おー、いい思いはできたかの？」

「にしし、おにいちゃんのエッチー」

「……お前ら、夕飯抜きにされたい様だな」

「だあ！　それは勘弁じゃ！」

「ごめんなさーい！」

魔界の幻獣どもはすっかり餌付けされているらしい。

トーリは雑念を振り払う様に洗濯物を片っ端から干し、それから夕飯づくりに取り掛かった。

小麦粉を水と卵で練り上げて寝かし、大きな肉の塊を出して少し大きめに切り分け、塩を振って置いておく。

刻んだ野菜と茸《きのこ》を炒《いた》め、そこに水、香辛料、ハーブを加えてくつくつと煮込む。潰《つぶ》した水煮のトマトを加えてさらに煮込み、いい具合になって来たところに表面をこんがり焼いた肉を入れて、肉に火が通るまでじっくりと煮れば完成である。

風呂から上がって、全身からほこほこ湯気を立てるユーフェミアが、ソファに座ってくったりしている。髪の毛がしっとり濡《ぬ》れていて、頬《ほお》がほんのり上気していて、何だか色っぽい。薄手の水色のブラウス一枚というのが余計に扇情的である。さっき風呂場で見た白い裸体が脳裏にちらつく。

(ぬおお、雑念が！)

トーリはぶんぶんと頭を振った。

生地を麺《めん》に成形しながら、トーリはシノヅキを見た。

「シノさん、あんたもずぶ濡れなんだから、風呂に入ったら？」

「それもいいが、しかしまずは飯じゃ。肉、肉！」

「にくー！」

「お腹空《なかす》いた。まだ？」

三者三様、ぴぃぴぃと鳴いている。まるで餌を求める雛《ひな》である。

うるさいので、先に煮込みを出した。大きな塊肉がごろりと入っていて、自然と歓声が上がった。

ほろほろに煮込まれた塊肉に夢中になっている連中を尻目《しりめ》に、トーリは麺を茹《ゆ》でて、バターと茹で汁《じる》、チーズと胡椒《こしょう》で軽く和えたものを、煮込みの横に添えた。

「ほい、どうぞ。ソースと一緒に食って」

「わーい、これもいいにおい！」

「ほほー、味付けしてあるんか。このひと手間が流石じゃのう。はー、うまいうまい」

「……もぐもぐ」

実によく食う連中である。幻獣二匹はともかく、ユーフェミアなどは体の大きさと比較しても食べる量は多い方だろう。それでいてふくよかになる気配がない。魔女恐るべし、とトーリはまた変な所でユーフェミアに感心した。

食事を終え、ユーフェミアはソファに寝転んでうとうとしている。

シノヅキとスバルは風呂に入り、魔界では経験のない温かい湯船と石鹸《せっけん》の泡に大はしゃぎしているらしい。入るまではぶつぶつ言っていた癖に、入ってからは中々出て来ない上、ずっとうるさい。

扉の外からトーリは怒鳴った。

「シノさん、スバル、あんまし汚さないでよ！」

「汚しとらんぞ！」

「あわあわだー！」

きゃっきゃっと騒いでいる。

大丈夫かな、と思いつつも中を見るわけにもいかないので、トーリは諦《あきら》めて踵《きびす》を返した。

「ユーフェ、ここで寝ると風邪引くぞ。ベッドに行け、ベッドに」

「ん……」

ソファで丸くなりかけていたユーフェミアは、薄目を開けてあくびをした。そうしてトーリに向かって腕を伸ばす。

「連れてって」

「……はい」

トーリは遠慮がちにユーフェミアを抱き上げた。軽い。そのまま寝室に運んで行って、ベッドの上に下ろした。ユーフェミアは猫の様に伸びをした。

トーリは、ふと寝室の奥の鍵《かぎ》のかかった扉の方を見た。

「ユーフェ、あの扉は？」

「あそこは作業場……魔法薬とか作る所。危ないから、あそこは掃除しないでいいよ」

確かに、魔法使いの工房であれば、素人《しろうと》が下手《へた》に手を出すと危ないだろう。おそらくとんでもなく汚いだろうが、トーリに手が出せないならば放っておく他ない。

ともあれ、掃除する場所が増えるわけじゃないんだな、とトーリが胸《むね》を撫で下《お》ろしていると、ユーフェミアがもそもそとブラウスを脱ぎ出した。

「うおっ、なんで脱ぐ⁉」

「服着てると……寝れない……」

トーリは慌てて布団をユーフェミアにかけた。布団の中からブラウスがぽいっと放り出されて、布団が饅頭《まんじゅう》の様に丸くなり、ひょこっと顔が出て来た。

「一緒に寝る？」

「寝ない！」

トーリは寝室を出た。扉を閉めて寄り掛かり、ふうと胸を撫《な》で下ろす。

「……一々刺激がやべえ」

役得と取るべきか生殺しの拷問と取るべきか。しかしここでの生活はまだまだ続くのである。

一々反応していたのでは身が持たない。慣れねば、と思う。

しかし決意を新たにした矢先、風呂場から素っ裸のシノヅキとスバルが笑いながら飛び出して来た。全身泡まみれである。ふざけてじゃれ合いに発展し、そのままエスカレートして風呂場を飛び出したらしかった。

トーリは額に手をやった。

「お前らぁ……！」

6. シシリア

家の掃除が大体済んだので、今度は家の周りを片付けようとトーリは計画を立てた。

ユーフェミアの家は、元々周りに畑もあり、納屋の様なものもある。鶏小屋らしきものもある事から、ある程度は自給をしていたのだろうと察せられた。しかし、現在はどの建物も荒れ果てて、畑だった所も草で茫々《ぼうぼう》であった。

いいお天気である。雨上がりの朝、朝食も終えてすっかり日の光が差し、葉の上の水滴がきらきらと光る庭先に仁王立ちして、トーリは隣に立つユーフェミアに言った。

「いつからこうなんだ?」

「わかんない。来た時にはこうだった……ふあ」

ユーフェミアは眠そうである。

元々、ここは誰《だれ》も住んでいない所だったらしい。風呂《ふろ》まで設えるくらいだから、ある程度は裕福な者が住んでいた様だが、いつからだか誰もいなくなり、住む者がいなくなった所に、ユーフェミアが来たという事だ。

廃屋状態ではなかったというから、前の持ち主からさほど間を置かずにユーフェミアが入ったのだろう。

そういえば、この辺りは地図上ではどの辺りになるのか、トーリは知らなかった。アズラクに出向くくらいだから近隣である事は間違いないが、詳しい事がわからない。まあ、わからなくとも当面は問題あるまい。

トーリはひとまず畑の草取りに取り掛かった。何年も放置された畑の草は太く、根もしっかり張っていたが、枯れた草が堆積《たいせき》していたせいで、却って土は肥えている様に思われた。

抜いて、どけて、一か所に集める。先日振りまいた暖炉の灰が雨に濡れて溶けかけている。中には野生化したハーブの大株もあったりして、そういうものは抜かずに残して、きっちりと料理に使う事にする。

小一時間で、猫の額ほどの広さの畑が姿を見せた。まだ全体の十分の一も終わっていない。トーリは息をついて汗をぬぐった。

「まだまだ先は長いな……」

しかしここで野菜が採れる様になれば、町へ買い出しに行く頻度も減って来るだろう。また、鶏《とり》を飼えば卵や肉も採れる。何だかんだいって買い物は時間を取られるし、行くのに一々誰かの手を借りなければいけないから、自給できるに越した事はない。

今日も朝食をたっぷり平らげたシノヅキは、フェンリルの姿に戻って日なたで寝そべっていた。同じく腹がくちくなったらしいスバルは、人間の姿でそれに寄り掛かってのんびりしている。シノヅキのふかふかの毛が気持ちいいのか、表情が実にだらしない。

ユーフェミアは家の中でソファに寝転がって目を閉じていた。又寝をしているらしい。

働いているのは俺だけか、とトーリは思った。しかし雇われているのは自分だけであるからさもありなんとも思う。幻獣どもはどうなのかはわからないが。

黙々と草を取る。こういった作業は嫌いではない。

『泥濘《ぬかるみ》の四本角』にいた頃《ころ》も、道具の整理だとか掃除だとか料理だとか、黙々と行う作業は何度もやった。慣れもあるが、トーリの元々の性格がそうなのだろう。

（結局冒険者向いてなかったって事か……）

十年目にして気づくとは間抜けにもほどがある、とトーリは嘆息したが、気づかぬまま無意味に冒険者を続けていても腐って行く一方だったのかも知れない。

解雇された事自体にはやはり釈然としない思いもあるが、こうなってみるとそれも仕方がなかったのかとも思い、トーリは何となく片付かない気分だった。

午前中いっぱい使って、結構な広さの草が取れた。まだ根だけ残っている所もあるが、後々鍬《くわ》を入れれば大丈夫だろう。

何を育てようかとトーリは畑を眺めながら考えた。

穀類は量が必要だから、こんな狭い畑で作っても意味がないが、芋は狭い面積でも収量が見込めるから、作って悪い事はないだろう。葉物と実物は作った方がいい。根菜も必要だ。ハーブの類も隅の方に植えておけば、ちょっとした味のアクセントに重宝するだろう。果樹も欲しいが、それができるほどにはまだ面積がない。

シノヅキが大きくあくびをして起き上がった。

『ふあー、よお寝たわい。そろそろ昼飯かの？』

「食って寝て、いいご身分だなオイ、シノさんよ」

『フェンリルじゃぞ、わしは。草取りなんぞやれるかい』

とシノヅキは狼《おおかみ》の手をトーリに向けた。都合のいい所でフェンリル設定を持ち出しやがって、とトーリは心の中で毒づいた。シノヅキに寄り掛かっていたスバルが、シノヅキが動いた事で体勢を崩してむにゃむにゃ言いながら目を開ける。

「んー……なにぃ……？」

『いつまで寝とるんじゃ、この怠けもんが』

とシノヅキが傲然《ごうぜん》と言った。少しばかり先に起きただけの癖に偉そうである。

トーリは家に入って昼の支度を始めた。朝に練って寝かしておいた生地を延ばして麺に切る。燻《くん》製《せい》肉を炒めた所に乳を注いで煮立たせ、茹でた麺をそこに放り込んでチーズを削る。茹でた野菜には塩と油をかけ、酢漬けの根菜も瓶から出して皿に盛る。

「いいにおい」

ソファに腰かけたユーフェミアが呟《つぶや》き、うんと伸びをする。うららかな日差しが窓から差し込んで、何となくのんびりした雰囲気である。

しかしどうやら今日はのんびりしている場合ではないらしかった。またしても手紙を咥《くわ》えた鳥が入って来た。手紙を開いたユーフェミアは眉《まゆ》をひそめる。

「また仕事か」

と人間の姿になったシノヅキが言った。

「うん。でもモンスター退治じゃない。魔法薬を作って欲しいって」

「薬づくり？　何を作るの？」

とスバルが言う。ユーフェミアは手紙を投げ出してふうと息をついた。

「回復の魔法薬。討伐の仕事が多くて、在庫が減ってるんだって」

「やれやれ、回復薬頼みの戦い方ばっかりしとるんか。仕様のない連中じゃな」

「ぶー、でもそれじゃボクたちの出番ないじゃん。つまんなーい」

「この前出番があったのに来なかった癖に、そんな事よく言えるねスバル」

ユーフェミアが冷たく言い放つと、スバルは凍り付いた。えへへと取り繕う様に笑う。

「あ、あれはそのう……だ、だって、トーリのご飯がおいしいんだもん！　悪いのはトーリだよ！」

「……それはそうかも知れないけど」

「納得するな」

とトーリは出来上がった昼食をよそいながら言った。

「しかし薬の材料はあるんかい？」

シノヅキが言うと、ユーフェミアは首を横に振った。

「いくつかはある。でも種類が足りない。買ったり、採って来たりしないと」

ユーフェミアは紙を一枚取って、さらさらと材料の一覧をしたためた。

「この辺は森で集められる。これはモンスターの素材だから、倒して来なきゃ。この辺りは町で買う」

リストは紙一枚を埋め尽くしている。結構な種類と量が必要らしい。

クリームソースのパスタを食べながら、ユーフェミアは言った。

「だから結果的にモンスター退治も必要。シノとスバルはわたしと一緒に来て」

「ええぞ」

「はーい。今回はいっぱい働くぞう！」

ソースをぬぐう用のパンを焼きながら、トーリは口を開いた。

「じゃあ、午後から動くのか？」

「うん。緊急依頼で納期が早いの」

「忙しいなあ。というかお前、また口の周りが……袖《そで》で拭《ふ》くな！」

トーリはパンを置き、タオルを手に取ってユーフェミアの口元を拭いてやった。ユーフェミアは目を閉じて大人しくしている。

素材のリストを見て、トーリは素直に感心した。相当な種類だ。迷いなくこの一覧を書き出せるのは凄《すご》い。全部暗記しているという事なのだろう。流石《さすが》は〝白の魔女〟である。しかも、中には希少な素材の名前も散見される。強力なモンスターを倒す事でしか得られないものもありそうだ。

「回復の魔法薬って、こんなに難しい材料が要るの？」

とトーリが言うと、ユーフェミアは首を横に振った。

「普通はもっと簡単。でもわたしのは特別によく効くの。だから高いけどいつも売れる」

確かに、〝白の魔女〟謹製の回復薬ともなれば効能も折り紙付きだろう。使用する者は、ここまで手が込んだものであるとは思いもすまい。

「しっかし多いな……集めきれるのか、これ？」

「手分けして集める。シノとスバルにはわたしを手伝ってもらうから……」

ユーフェミアが手を掲げると、寝室から杖《つえ》が飛んで来て手に収まった。そのまま何か詠唱すると魔法陣が広がって輝く。そうしてまた何かが出て来た。

女だった。青黒い癖のある長髪の上から、ユーフェミアと同じ様な大きな三角帽子をかぶり、ローブをまとっていた。そのローブも無暗に露出が多く、特に胸元などはほとんど開いていて、シノヅキ以上にボリュームのある胸が尋常ではなく存在を主張している。

そうして肌の色は青白く、目の白と黒が反転していた。つまり白目が黒く、黒目が白いのである。可視化された魔力か、それとも眷属か従魔か、体を取り巻くように黒い影がうごめいていて、その特徴から、一目見て魔族だとわかる。

女はすとんと床に降り立つと、両腕を広げて満面の笑みを浮かべた。

「ユーフェちゃん、久しぶりに呼んでくれたわねえ。シシリアお姉さんに何か御用ぉ？」

「回復の魔法薬を頼まれたの。だから手伝って欲しい」

「あらあら、そんな事ぉ？　いいわよぉ、アークリッチのお姉さんには朝飯前。どーんと任せてちょうだぁい」

シシリアはドヤ顔で胸を張った。たゆんと揺れた。

（アークリッチ……マジかよ）

悪魔族に属し、例外なく強力な魔力を持ち、行使する魔法の数は千を下らぬという、魔界の賢者と呼ばれる一族である。そんなものまで使役するとは、やはりユーフェミアはちょっと只者《ただもの》ではない。

「シノとスバルも久しぶりねぇ。元気ぃ？」

「おう、変わりないぞ。魔界でもおぬしとはちっとも会わんな」

「もぐもぐ！」

スバルは口いっぱいに食べ物を頬張《ほおば》っていて喋《しゃべ》れていない。シシリアは部屋の中を見回し、テーブルの上の昼食を見て、おやおやという顔をした。

「ユーフェちゃん、とうとう引っ越したのぉ？　ご飯も随分おいしそうなの用意しちゃってぇ」

「ううん。同じおうちだよ」

ユーフェミアが言うと、シシリアはからからと笑った。

「もー、ユーフェちゃんったら、お姉さんをからかっちゃやーよぉ」

「からかっとらんぞ。マジで片付いたんじゃ」

「トーリおにいちゃんのおかげでね。にしし」

「その設定まだ続いてんの？」

ここでようやくシシリアの目がトーリに向いた。「わあ」と言って口元に手を当てる。

「かーわいいい！　どうしたのぉ、この子？」

「か、かわいい……？」

初めて言われた言葉にトーリは困惑した。

シシリアはにこにこしながらトーリの顔を覗《のぞ》き込む。背はトーリよりも少し高い。そのせいか、年上の女性に見下ろされている様な気分になる。

ユーフェミアは皿のソースをパンでぬぐった。

「この人はトーリ。わたしに雇われた。トーリ、こっちはシシリア。わたしと契約してるアークリッチ」

「初めましてぇ、シシリアでぇす。仲良くしてねぇ」

とシシリアは両手の人差し指を頬《ほお》に当てて、きゃぴっ☆とポーズを取った。

「ど、どうも、トーリです……え、じゃあ、この人が素材集めを？」

ユーフェミアは頷《うなず》いた。

「そう……それでね、町で買える素材もあるから、シシリアに送ってもらって、トーリには買い物をして欲しいの」

「ああ、そういう事か……まあ、それくらいはいいよ」

「わあ、若い男の子とデートできるなんて、お姉さん嬉《うれ》しいわぁ」

「……手を出したらもう二度と呼んであげないからね」

ユーフェミアの一言に、シシリアは冷や汗をかきながら苦笑いを浮かべた。

「だ、出さないわよぉ……」

「それにおぬしは素材集めじゃろうが。トーリと町をぶらつく暇なぞなかろう」

「そんなぁ。それじゃあ何にもならないじゃないのぉ」

と、シシリアが身をくねらせると、スバルがはいはいと手を上げた。

「シシリアの代わりにボクが送ってあげてもいいよ！　それからユーフェたちに合流すればいいじゃん！」

「スバルは前科持ちだから駄目。どうせトーリのご飯につられる」

「あうう」

スバルはもじもじと手を揉《も》み合わした。返す言葉がないらしい。

シシリアがひょいと手を伸ばして、スバルの皿のソースを指でぬぐって口に運んだ。

「あら、おいしい。これトーリちゃんが作ったのぉ？」

「はあ、まあ……」

シシリアは嬉しそうにトーリの手を取った。

「嬉しいわぁ、魔界の食事って味気ないのよぉ。お夕飯、期待してるわねぇ」

「は、はあ……」

「シシリアもめっちゃ食うからな。気合入れて作るのじゃぞ」

「マジで？」

「マジよぉ。このわがままボディを維持する為《ため》なのよぉ？」

シシリアは前かがみになって、むっちんむっちんの胸を寄せる様なポーズをした。また作る飯の量が増えるのか、とトーリは引きつった笑みを浮かべた。

昼食の片づけを終え、銘々に支度を整えて家の外に出た。シノヅキとスバルがむくむくと大きくなって、本来のフェンリルとフェニックスの姿に戻る。

『よーし、行くぞ！　わははは、腕が鳴るわい！』

『あー、やっぱこの恰好《かっこう》の方が落ち着くー』

スバルは大きな翼を広げて伸ばしている。

いつもの〝白の魔女〟と化したユーフェミアが、スバルの背に乗る。

『トーリ、シシリア、こちらは任せたぞ。ややもすれば明日にずれ込むやも知れぬが、心配は要らぬ』

「え。じゃあ晩飯どうする？」

『……うぬの努力に期待する』

「おい！」

飛んで行ってしまった。こうなれば、明日まで置いておけるメニューを考えておかねばなるまい、とトーリは腕組みした。

「まあ、煮込みかな……」

「うふふ、やっと二人きりになれたわねぇ」

とシシリアがトーリの肩に手を置く。トーリはギョッとしてそれとなく離れた。シシリアはくすくす笑う。

「そんな怖がらないでぇ？　そりゃ、人間の男の子はだーい好きだけど、ユーフェちゃんのお気に入りに手を出すほど短慮じゃないわぁ」

「は、はあ……」

「あ、でもトーリちゃんの方から手を出して来るなら、拒む理由はないわよねぇ？」

とシシリアは体を抱く様にして妖艶《ようえん》な笑みを浮かべる。胸の谷間やくびれた腰、ボリューミーな尻《しり》などに視線が吸い寄せられるが、負けてたまるか！　とトーリは却って決意を固くした。

○

アズラク周辺は未開拓の地域が多く、入り組んだ地形ゆえにダンジョンと化している所もあり、そういった場所は人間よりもモンスターの数の方が多い。魔境と呼ばれるゆえんである。

かつてはそこにも人が住んでいたらしい場所もあって、それらは遺跡となって自然の中に埋もれていた。最早覚える者もない古い文明の遺物は希少価値が高く、それらを求めて魔境の奥へと踏み込む冒険者も後を絶たない。

また人の手が入っていない分、珍しい植物や鉱物などもある。冒険者たちはモンスターや賞金首を討伐する事も仕事の一つではあるが、本来はこういった地へ危険を顧みずに踏み込むのが本分なのだ。

旧北街道と呼ばれる古い道は、かつては交通の要所だったらしい石畳の街道である。現在は木々の根によって隆起し、石畳は所々にその痕跡《こんせき》を残すだけだが、目印として有用なので、冒険者たちの多くはこの道を辿《たど》って北の魔境を探索する。

「あったか？」

「いや、駄目だ。もう取り尽くされてら」

街道から少し離れた森の中で冒険者のクランが探索を行っていた。前衛、後衛、荷物持ちと総勢で十人以上のクランだ。モンスター討伐ではなく、探索をメインに活動しているクランらしい。

この周辺は隆起した地面が崖《がけ》の様に屹立《きつりつ》している地帯で、湿気が停滞しやすいらしく、霧が多く発生する。そんな気候だからか茸《きのこ》類や苔《こけ》類が豊富に生える事が知られており、その種類も多く、希少なものも散見された。

このクランはそれを求めてここまで来た様だが、タイミングが悪かったのか、前に来た冒険者によって茸の多くが採取されてしまった後らしかった。

「どうする。これじゃ収穫にならんぞ」

「うーん、少し奥まで行ってみるか？」

「危険だと思うけどなあ」

「行って、様子を見て、それで決めようぜ。このまま帰っちゃ大赤字だ」

冒険者は何かと金がかかる。クランともなれば尚更で、毎回の探索にも装備を整えなくてはならない。そこをおろそかにすれば、容赦なく死や大怪我《けが》が待ち受けているのだ。だから探索に出るならば、手ぶらで帰るわけにはいかない。

一行は街道からさらに森の奥へと向かった。かつての文明の姿は木々と苔の中に埋もれていき、周囲には濃密な生命の気配が溢《あふ》れ出す。

「あった、リョウジュモンだ」

一人が近くにあった木の幹を覆う様に広がっていた地衣類を引きはがす。それを皮切りに、緑一色の中に様々な有用植物の姿を見つけ、クランの面々は浮き立って採集を始めた。

「ははっ、これなら赤字どころか大儲《おおもう》けだな」

「いや、このくらいじゃまだまだ……」

その時、茂みの向こうで物音がした。冒険者たちは身構えて息をひそめる。

音の源は近くではなさそうだ。少し離れた所から聞こえるのだろう。木々の枝が折れる音や、何かが這《は》いずる音、茂みをゆさぶる音などが断続的に響いている。戦闘の音の様にも聞こえるが、金属音はしない。冒険者がいるのか、それともモンスターか。

「誰かがいるんだろうか」

「わからん、が……」

ひとまず様子を見てみよう、と斥候役の二人が忍び足で音のする方へ向かった。

猪に巨大な蛇が巻き付いていた。猪は蛇に巻き付かれて横倒しになり、苦し気に足を動かしている。蛇の方は猪の頭をすっかり口の中に収めて、そのまま猪を丸飲みにしてしまうつもりらしい。

猪にしても体高が人間よりも大きいくらいだ。その猪を丸飲みにしようというのだから、蛇の方も随分大きい。鱗《うろこ》は赤と黒に所々黄色が混じる派手な色彩で、それが目玉模様になっているから、まるで全身に目があるかの様で、見ているとくらくらする。斥候役の一人が息を呑《の》んだ。

「ジャノメオウだ」

「なにい？　希少モンスターのか？」

「凶暴な捕食モンスターだ。まずいぞ、早く引き上げにゃ」

ジャノメオウは巨大な毒蛇だ。最大で大木ほどの胴体になる個体もある。気性は荒く、空腹時は動くものに過敏に反応して何でも呑み込んでしまう大食漢でもある。毒も強く、牙《きば》がかすっただけでも重症は免れず、噛《か》まれれば確実に死を迎える羽目になる。

探索専門のクランである彼らに、ジャノメオウと戦う力も準備もない。即座に二人は来た道を戻ろうとしたが、しかし目の前で猪を呑み込んでしまった大蛇は、すぐに冒険者たちの方を見た。距離はあるが気づかれているらしい。

「やばい、早く逃げるぞ！」

「ちくしょう、今日は厄日だ」

斥候役の二人は慌てて仲間の元へ駆け戻った。

「引き上げだ！　ジャノメオウが出た！」

「はあっ？　この辺じゃ目撃情報はなかった筈《はず》じゃ……」

「そんなもん知るか！　いたもんはいたんだ、食われたくなきゃ逃げるんだよ！」

素材集めを再開していたクランのメンバーたちは、大慌てで退却の支度を始める。しかし茂みの向こうからシューシューと妙な音がしたと思うや、ジャノメオウの顔が覗いた。

「ひいっ！」

恐ろしい蛇の目に睨《にら》まれて、体が金縛りの様になる。モンスターは魔法の力を持っているものも多く、ジャノメオウの視線には対象に痺《しび》れを与える力があるのだ。特に目が合ってしまえば、視線で魔法の力がそそがれ、もう動く事も目をそらす事もできない。

ジャノメオウの口が大きく開き、鋭い牙が見えた。

その時、上空から鋭い鳴き声がした。鳥の声だった。冒険者たちがハッとして上を見ると、木々の間から巨大な鳥が急降下して来るところだった。燃える様な翼は体にぴったりとつけられ、鋭いくちばしはぎらぎらと光り、さながら槍《やり》の様な勢いでジャノメオウめがけて直進し、その肉を抉《えぐ》った。ジャノメオウは身をくねらせて暴れ出す。

「うおおっ！」

巨木が暴れている様なものだから、辺りの木々がひしゃげて折れ、木片や土が辺りに舞い散らかった。硬直の解けた冒険者たちは大慌てで距離を取る。

「フェ、フェニックスだ！」

「魔界の幻獣がなぜ……」

牙を剥《む》き出すジャノメオウをからかう様に、フェニックスは上空に舞い上がってひらひらと翼を動かした。燃え盛る翼から舞い散る火の粉が、そこいらの枯葉を焦がす。ジャノメオウの矛先は完全にフェニックスの方に移った様だ。牙を剥いて威嚇の声を上げるが、フェニックスは嘲《あざけ》る様にぎりぎりの距離を保ったままジャノメオウを挑発し続けている。

冒険者たちは急いでこの戦いの圏外へと離れた。

「どうなってんだこりゃ」

「縄張り争い……なのか？」

その時、向こうの方から杖《つえ》だけがひとりでに飛んで来た。捻《ね》じれた先端に巻かれる様になってい
る宝玉が光り、杖全体を包み込む。その光がまるで業物の剣の様な形になったと思うや、くるりと
回ってジャノメオウの頸《くび》を寸断し、頭を落とした。

『何を遊んでいる、スバル。まだ材料は揃《そろ》っておらぬのだぞ』

地の底から響く様な声がした。全身を白い装束で包んだ巨大な魔女が現れた。

「し、〝白の魔女〟……」

誰《だれ》かが呟《つぶや》いた。アズラク最強の冒険者の登場に、冒険者たちは息を呑む。あのジャノメオウが鎧《がい》
袖一触《しゅういっしょく》だ。自分たちでは歯が立たなかったどころか、被食者側に回る他なかったというのに。

〝白の魔女〟は魔法でジャノメオウの死骸《しがい》を浮かして、手近な太い枝にぶら下げた。寸断された頸《けい》
部《ぶ》から滴る血を瓶で受ける。

『シノの方も首尾よくやった様だ。早く移動せねばなるまい』

そう呟きながら瓶を満たすと、魔女はフェニックスに乗って飛んで行ってしまった。残されて様
子を窺《うかが》っていた冒険者たちは顔を見合わせた。

「……いらないのかな、あれ」

「ど、どうなんだろう。でも、無断で持って行くのは……」

「けど、あれを持って帰れば大儲けだぜ？」

「うぐ……」

冒険者たちは腕組みしたまま唸《うな》った。ジャノメオウの牙も皮も肉もそのままそっくり残されている。あまりに勿体《もったい》ない。しかし〝白の魔女〟が再び取りに戻って来ないとも限らない。そうなれば、勝手に持ち帰った自分たちは想像もできない目に遭うに相違あるまい。

結局彼らは日が暮れる寸前まで悩み続け、後ろ髪を引かれながらも宵闇《よいやみ》に追い立てられる様にその場を後にした。一攫千金《いっかくせんきん》は魅力的だったが、〝白の魔女〟に目を付けられる事の方がよほど恐ろしかったのである。

杞憂《きゆう》である事は勿論《もちろん》誰も知らない。

○

一方その頃、トーリは予定通りシシリアと一緒にアズラクへと買い物に出かけた。シシリアの転移魔法はユーフェミアのものと遜色《そんしょく》がない。一瞬でアズラクに辿り着《つ》き、裏通りから遠い雑踏を聞くに至った。

トーリは買い物のリストを片手に買《か》い物籠《ものかご》を持ち直した。

「ありがとうございます。そんじゃ、買い物して来るんで、夕方頃に迎えに来てもらえたら……」

「あらぁ、そんな面倒な事しないで、二人でさっさと済ましちゃいましょうよぉ。そんなに種類も量もないんだから」

「でもシシリアさんは他に集めるものがあるんでしょ？」

「お姉さんにかかればすぐすぐ。ね、いいでしょ、トーリちゃん？　おねがぁい」

と腕にしなだれる様に抱き付いて来る。意識しようとしなくとも胸の感触が伝わって来て、トーリは泡を食ってシシリアを押しのけた。

「わわわ、わかりました！　でももうちょっと離れて！」

「んもう、いけずぅ」

とシシリアはくすくす笑っている。からかわれているのか何なのか、手玉に取られている様で釈然としない。しかし彼女に手玉に取られない男なぞいるのだろうか、とトーリは自分に対して弁明した。

しかし、一緒に町を行くには、シシリアの肌の色と目は特徴的すぎる。魔族は地上においそれと現れないから、ほいほい現れれば大騒ぎになるだろう。そんな風に注目を集めたってどうしようもない。

「シシリアさん、その目と肌の色、何とかなりません？」

「あっ、そうだったわねぇ。ちょちょいのちょい、っとぉ」

とシシリアが指を振ると、死人の様に青白かった肌には血色が出て赤みが差し、白目は白く、瞳《ひとみ》は綺麗《きれい》な緑色になった。アークリッチの時も美人だったが、こうしてその特徴がなくなってみると、人間としてもとんでもない美人である。一緒に歩くのが気が引ける様に思われ、トーリは思わず自分を見て顔をしかめた。

「それじゃあ、行くわよぉ」

「は……」

楽しそうに歩き出すシシリアの後を、トーリはのそのそとついて行った。何だか貴族のお嬢様と使用人といった風である。

薬草屋、魔道具店、魔法素材取扱店、鉱石屋など、あちこちを回って材料を買い集めた。シシリアは魔界の賢者の一族とだけあって流石《さすが》に詳しく、質の良し悪しを即座に見抜いて、良いものばかりを買い揃えた様だ。

シシリアの端麗な容姿と肉感的な体、それを包む扇情的な服装は嫌でも目を引き、店では勿論、町を歩くだけで視線を感じた。一緒に歩いているせいで勘違いされたのか、ひそひそ声で釣り合わないだの、男の方は冴《さ》えないだのと聞こえた。

歩くだけでここまで色香を漂わせるとは、シシリア恐るべしである。

ともかく、これ以上一緒に街を歩いていては妙な噂《うわさ》が広まりそうだ。既に手遅れかも知れないが、買い物が済んだ以上是非帰らねばならない。路地裏に逃げ込んだトーリは、シシリアの転移魔法で家へと戻った。

戻るとどっと疲れが出た。

「どうしたのぉ、トーリちゃん？」

「いや、別に……」

日は傾き出して、日差しが重い。買って来た荷物をユーフェミアの作業室の前に置いておく。もう食事の支度をしてしまって、風呂《ふろ》でも沸かそうかと思う。

野菜を刻んでいると、すぐ後ろでシシリアがにこにこしながら見ているのに気づいた。

「シシリアさん、素材集めに行かないでいいんですか」

「まだ平気よぉ。それにしても手際がいいわねえ、うふふ」

「ちょ、包丁持ってるから！」

怪しげな手つきで肩を撫《な》でて来るシシリアに、トーリは慌てた。

「……一々エロい雰囲気出さないでくださいよ。なんかシシリアさん、アークリッチというよりサキュバスみたいですよ」

「あらぁ、よくわかったわねえ」

「は？」

「わたしのお母様は夢魔族の出なのよぉ」

とシシリアは唇に手をやって、うふふと笑った。こんな劇薬と二人きりにしやがって！　とトーリは頭を抱えた。

散々トーリをからかって満足したらしいシシリアは、ようやく素材集めに出かけて行った。やっと気が楽になったぞ、とトーリは清々しい気分で料理を続ける。

ユーフェミアたちが帰って来るのが今夜なのか明日にずれ込むのか判然としないので、どちらでも対応できる様にしておく。細かく刻んだ野菜と茸《きのこ》を色づくまで炒《いた》め、それを鍋《なべ》に移す。何回か炒めて鍋半分くらいになったら水を入れて、ハーブを何種類か加えて火にかける。

その間にフライパンで大きめに切り分けた肉の表面をこんがりと焼き、それも鍋に移す。フライパンに酒を入れて旨味《うまみ》をこそぐのも忘れない。灰汁《あく》を取りながら煮込み、トマトの水煮を潰《つぶ》して加え、ぐつぐつと煮詰める。

そうして小麦粉で生地を練って寝かしておく。あとは帰って来たタイミングで生地を切って茹《ゆ》でて、煮込みをかけて食べればよい。

風呂に水を張って焚《た》き口《ぐち》に火を入れ、乾いた洗濯物を畳んでいるうちに外が暗くなり出した。まだユーフェミアが帰って来る気配はない。これは明日になるのか、と思っていると扉が開いて、シシリアが入って来た。

「ただいまぁ、トーリちゃん」

「お帰りなさい。あれ、素材は？」

シシリアは手ぶらである。

「ちゃあんと採って来てるわよぉ？　いらっしゃい」

シシリアがそう言うと、外から四本足の骸骨《がいこつ》が何匹も列をなして入って来た。犬か何かの骨らしい。それが籠《かご》を背負っていて、中には薬草や木の皮、茸などが満載されている。

「すげ……死霊魔術《ネクロマンシー》って奴《やつ》ですか」

「うふふ、アークリッチの得意技よぉ。あ、とってもいいにおいしてるぅ」

シシリアは鍋の前に立ってふんふんと鼻を鳴らした。

「先に飯食っちゃいますか。ユーフェたちはいつ帰って来るかわかんないし」

「あら、いいのぉ？　嬉《うれ》しいわぁ」

とシシリアは帽子を脱いで、食卓の椅子に腰を下ろす。

そういえば、食卓の椅子が四脚しかない。今はいいけれど、全員が揃うとトーリも含めて五人だから座り切れない。

椅子がもう一脚必要だな、と思いながら、トーリは寝かした生地を切り分けて麺《めん》にし、さっと湯がいて煮込みをかけた。

シシリアは早速一口頬張《ば》って、ぱあっと表情を輝かした。

「おいしーい！」

「そりゃ何より」

「ユーフェちゃんに呼ばれる様になってから、こんなにおいしいもの初めて食べたわぁ」

あいつ、どういう食生活してたんだ？　とトーリは少し心配になった。こうなっては、今後も腕によりをかけてやらねばなるまい。

大きめに切った肉だが、煮込まれた事で外側は溶けかけてほろほろだ。しかし表面は焼いてあるから形はしっかり残っている。それをほぐして麺と一緒に食べると実にうまい。シシリアは大食いの前評判通り五杯もお代わりをし、皿に残ったソースもパンでぬぐってすっかり綺麗に平らげた。

ぽんとお腹《なか》を両手で叩《たた》いて、シシリアは幸せそうに息をついた。

「はー、幸せぇ……」

「マジでよく食うな、シシリアさん」

「うふふ、だっておいしかったんだものぉ。ユーフェちゃん、いい人見つけたわぁ」

トーリは頬《ほお》を掻《か》いた。料理を褒められるのは素直に嬉しい。

ふと、『泥濘《ぬかるみ》の四本角』で、最後に料理を褒めてもらったのはいつだったろうか、と思い出した。

昔は仲間たちもうまいうまいと喜んで食べてくれていたのだが、白金級《プラチナ》に上がってからはいつもかき込む様に食べて、泥の様に眠っていた。味について云々された覚えはあまりない。

「どうしたのぉ？」

シシリアが顔を覗《のぞ》き込んで来た。トーリはびくっとして、取り繕う様に笑う。

「いや、ちょっとね」

「ふぅん？」

「……ユーフェ、今日は帰って来ないですかね」

「そうかもねぇ。うふふ、あの子が気になるのぉ？」

「まあ、一応……あいつ、やっぱりシシリアさんから見ても凄《すご》いですか？　魔法とか」

「そりゃそうよ～。そうじゃなかったら使役なんてされてあげないものねぇ。間違いなく天才だし、魔界でも絶対に評価されるだけの実力はあるわよぉ」

やはりそうらしい。まあ、フェンリル、フェニックス、アークリッチと、魔界でも上から数えた方が早い強さの一族を従えているのだから当然だろう。その中に自分も入っているのだろうか、などと考えるとトーリは何だか可笑しかった。

シシリアはいたずら気に笑う。

「それにとーっても可愛《かわい》いものねぇ。トーリちゃんも、あの可愛さに釣られちゃったのかしらぁ？」

「いや、そういうわけでも……」

とはいえ、あの巨大な老婆ではなく、可愛らしい少女だとわかったから雇われた側面もあるから、完全に否定はできない。トーリは誤魔化《ごまか》す様に風呂場《ふろば》を見た。

「あ、シシリアさん、風呂沸いてますよ。入ったら？」

「わお、お風呂まであるのぉ？　あ、そうだわぁ、おいしい夕飯のお礼に背中流してあげるから、一緒に入りましょぉ？」

「ははは、こやつめ。丁重にお断り申し上げる次第でござりまする」

「まあ、つれない。そんな事言わずに入りましょうよぉ」

そう言って腕を取った。見た目は華奢《きゃしゃ》な女性なのだが、魔界の住人だから膂力《りょりょく》が人間離れしている。

「うおお、マジかッ！」

必死に抵抗するも抵抗にならず、トーリはずるずると引きずられて、ぽんと風呂場に放り込まれた。風呂場に入って来たシシリアは鼻歌交じりにするするとローブを脱いでいる。

「嫌よ嫌よも好きのうち～♪」

「嫌なものは嫌という言葉もありますけどおッ!?」

「まあまあ。据《す》え膳《ぜん》食わぬは何とやらよぉ？」

「背中流すだけじゃなかったんですかねえッ⁉」

「ええ、そうよぉ。さー、脱ぎ脱ぎしましょうねぇ♪」

「いやーっ！」

その時、「ただいまー」と声がしてユーフェミアたちが帰って来た。シシリアの動きが止まる。トーリはその脇《わき》をすり抜ける様にして、風呂場から転がり出た。

シシリアはくすりと笑って、口元に指を当てた。

「ふふっ。ちょーっと、からかいすぎちゃったかしらぁ？」

風呂場から逃げ出したトーリは這《ほ》う這うの体で、後ろ手に風呂場の扉を閉めた。中からお湯を使う音と鼻歌が聞こえて来る。

三角帽子を脱いだユーフェミアが怪訝《けげん》そうに眉《まゆ》をひそめて立っている。

「……何やってるの？」

「俺も何と答えていいのかわかんない」

トーリは扉に寄り掛かる様にして大きく息をついた。ユーフェミアはむうと口を尖らして、トーリにぽふんと抱き付いた。上目遣いで見上げて来る。

「シシリアに何かされた？」

「される直前だったというか何というか……いや、俺は抵抗したぞ⁉」

「うん。シシリアには後でおしおきしとく……むぎゅむぎゅ」

そう言ってユーフェミアは満足げにトーリの胸に顔を擦り付けた。なんでこいつ俺にこんなに甘えるんだろう？　とトーリは首を傾《かし》げながらも、さらさらしたユーフェミアの髪の毛を撫でてやった。

シノヅキとスバルは食卓について騒いでいる。

「あー、働いた働いた！　トーリ、飯じゃ飯！　大盛りで頼むぞ！」

「ボクもー！　わ、赤いシチューだ！　おいしそー」

「はいはいはい、麺茹《めんゆ》でるからちょっと待って。ユーフェ、飯食うだろ？」

「うん。お腹空《す》いた」

トーリはふうと息をついて台所に入った。

7. 二人

種や苗が欲しいと思った。畑の草取りが概ね終わり、納屋から出して来た鍬《くわ》で粗方耕した。ここまで来たからには、是非とも野菜を育てねばならない。布団と洗濯物を干し、昼食の片づけを終えたトーリは、ソファに座ってクッションを抱きしめているユーフェミアの前に立って、そう言った。

「だからさ、町に行きたいんだけど」

「今日もお休みしたい。いっぱい薬作ったから疲れちゃった」

と言ってユーフェミアはころんと横になった。トーリは口を尖らす。

先日依頼のあった回復の魔法薬を大量に調合し、無事に納品が終わった。戦闘よりもある意味神経を使う作業らしく、ユーフェミアはすっかりくたびれてしまい、何にもしないと宣言して、その通りに数日の間何もしていない。

「でもな、そろそろ食材も減って来てるんだぞ」

「……誰《だれ》かに代わりに行ってもらう？」

「昨日《きのう》から三人共帰ってるだろうが。そんなすぐに呼び出していいのか？」

シノヅキ、スバル、シシリアの三人は、しばらくここに滞在してのんびり過ごしていたが、魔界でもそれなりの地位にいる連中だから、あまり長く空けてもおけないらしく、一旦《いったん》、雑務を片付けると言って帰って行った。呼び出せば来るのだろうけれど、それでは帰した意味がない。

ユーフェミアは寝返ってうつ伏せになる。

「でも動きたくないもん」

「あれから四日だぞ。いい加減に動いていい頃《ころ》だろ」

「んー……」

ユーフェミアはもそもそと輾転反側《てんてんはんそく》していたが、やがて仰向けになって、トーリに向かって腕を突き出した。

「ん」

「なんだよ」

「抱っこ」

「なんでだよ」

「立たして」

トーリは呆《あき》れながらもユーフェミアを抱き上げる様にして立たしてやった。ユーフェミアはふうと息を吐いて、んーっと伸びをした。そうしてもそもそとローブを着た。

「……んじゃ、行こ」

「おう」

それで二人して家を出た。ユーフェミアの転移魔法でたちまちアズラクまでひとっ飛びだ。

町は相変わらずの賑《にぎ》わいで、人も物も沢山行き交っている。

「さて、何から買うかな」

「トーリ。甘いもの食べたい。食べに行こ」

「そうだな……ちょっと店を一回りして、買う物に目星つけてからな」

それで手をつないで歩き出す。ユーフェミアはトーリとこうするのに何のためらいもない。凄く好かれているのか、それとも何とも思われていないのか、果たしてどちらなのだろうと思いつつ、ほっそりと柔らかな手の感触をトーリは堪能する。

種屋、苗屋を回り、何を買うか当たりをつけてから、目についたカフェに入った。お洒落《しゃれ》な店である。何だか場違いな気がしたが、横に立つユーフェミアを見ると、こういう場所にいても違和感がない。

（場違いなの俺だけかあ……）

トーリは苦笑した。いつまで経《た》っても野暮ったさが抜けないのは困ったものである。

家では食べられないクリームたっぷりの焼き菓子を前に、ユーフェミアは張り切っている。相変わらずあまり表情に変化はないが、それでも嬉《うれ》しそうなのはよくわかる。

「……うまい？」

「うん」

「口の周りにクリームが……だから袖《そで》で拭《ふ》くな！」

トーリはナプキンを手に取ってユーフェミアの口をぬぐう。ユーフェミアは大人しく拭かれて、それからまた焼き菓子をたっぷり頰《ほお》張《ば》り、口端からクリームを垂らした。

向かいに座るユーフェミアはとんでもなく可愛《かわい》い。家でのだらしなさでつい忘れがちだが、きちんと服を着て、カフェみたいなお洒落な空間にいると実に絵になる。口周りがクリームだらけなのはあれだけれど。

こうやって見ていると、トーリは目の前の少女が〝白の魔女〟だという事を忘れかけた。実際忘れていた。巨大な老婆と化して、地鳴りの様な声で喋《しゃべ》るのは夢の中の出来事の様に思われた。

そんなユーフェミアも、魔法薬を作る時は、シシリアと共に作業部屋に籠《こも》って出て来なかった。出て来た時は汚れてくたびれて、何だか萎《しお》れて見えたものだ。

「……魔法薬づくりって、やっぱり大変か？」

「効果の高いものを作るのは難しい。ちょっとした量の加減で出来が雲泥の差になっちゃう。だからとっても神経を使う。モンスター退治の方が楽」

「そうか……」

トーリはスザンナの弟の事を思い出した。

シリルというその少年は不治の病と診断され、高価な魔法薬を投与されて生きながらえているという。トーリは会った事はないが、その境遇に同情し、焼き菓子やおもちゃなどをお見舞いに渡して欲しいと、スザンナに預けた事もある。

「……どんな病気でも治る薬がありゃいいのにな」

呟《つぶや》いた。ユーフェミアが首を傾げる。

「どうして？」

「ん、いや、前の仲間のスザンナって奴《やつ》の弟が死蟲《しむし》っていう病気でさ、めっちゃ高い魔法薬で症状を抑えてるけど、一生治らないんだと。それが気の毒でさ」

「……ふぅん」

ユーフェミアはお茶をすすった。トーリはふうと息をついて椅子に寄り掛かる。

「考えてみりゃ、あいつらは皆事情があるんだよな……なのに俺は俺の事だけしか考えてなかったわ。あいつらの事情も考えずに俺の事優先して欲しいなんて、身勝手だよなあ」

「事情？」

「ああ」

三人は銘々に事情を抱えていた。

アンドレアは、両親を殺した仇《かたき》を追っている。正体はわかっているが、わかっている分、自分の実力不足を知っている。だから力が必要なのだ。

ジャンは亡き師と共に開発していた魔法を完成させる為《ため》、高難易度のダンジョンに潜って、必要なアーティファクトを見つけ出す事を目標としている。その為、実力のあるクランに所属している必要がある。

スザンナは、先述の通り弟の治療費を毎月払っている。希少で高価な薬が必要なので治療費はかなり高く、白金級《プラチナ》の冒険者であるスザンナであっても、収入の多くを持って行かれるのだ。クランを辞めては治療費が払えなくなってしまう。

「今となってはもう俺の出る幕もないけど……あいつらの目標が叶《かな》うといいなあ」

ユーフェミアはふむふむと頷《うなず》いて聞いていた。

「そうなったら、トーリは嬉しい？」

「ん？　まあな」

「他人の事なのに？」

「頑張りを知ってるから、応援したくなるんだよ。ま、俺はちっとも手助けしてやれなかったけどな。世話してやってたなんて自惚《うぬぼ》れてたけど、考えてみりゃ家事なんか俺じゃなくってもできるんだし」

「わたしはできないよ？」

「お前は……まあ、うん」

トーリは苦笑しながら、残った紅茶を飲み干した。

ユーフェミアに雇われてからしばらく経つが、初めのうちにあった冒険者への未練というのが、次第に薄れているのをトーリは感じていた。おそらく、今の生活がトーリにとっては楽しいものになって来たのもあるだろう。今となっては、仲間たちの事情を冷静に考える事ができるし、そうなると、うまくいって欲しいと願う事さえできる。

おやつを済ました二人は、カフェを出て、買い物に行く。

甘いものをたらふく食べたユーフェミアは幸せそうに目を細めている。眠そうだ。トーリの腕を抱く様にして体重をかけ、おぼつかない足取りでぽてぽてと歩いている。

（これじゃ荷物も持たせられんなあ……）

四苦八苦しつつも苗や種を買い、持てるだけの食材も買って家に帰った。乾いた洗濯物を取り込み、日光をたっぷり浴びてふかふかになった布団を寝床に敷き直すと、ユーフェミアはさっさと寝室に入って行く。

「寝るのか?」

「うん。夕飯できたら教えて」

ぱたん、と扉が閉まった。トーリは肩をすくめて、家の外に出た。

早速畑に苗を植えて行く。丁度夏野菜の植え付けによい時期だ。野菜がたわわに実る様になれば、食事の彩りが増すだろう。

冒険者として村を出て以来、畑なんて久しぶりだとトーリは思う。こういうのが嫌で村を飛び出したのだが、結局こういう事が自分の性に合っているらしい。何とも片付かない気分だけれど、今の仕事をするしかない。

さほど時間もかからずに苗を植え、水をまいた。葉についた水滴に西日が照ってきらきらする。もう夕飯の支度をする時間だ。

一日の仕事は基本的に繰り返しである。三度の食事を用意し、掃除と洗濯をする。

畑の片づけは済んだし、次は鶏《とり》小屋か納屋でも修理しようか、とボロボロの鶏小屋を見た。金網は錆びて破れ、柱は腐って折れかけている。そこに草が茫々《ぼうぼう》と生え、蔦《つた》が好き放題に絡みついていた。修理というよりも建て直した方が早そうな状態だ。

野菜が採れて、鶏から肉と卵が採れる様になれば、かなり楽だ。何よりもそうなって来れば日々の暮らしに彩りが出て来る。日々の生活を丁寧に行う事が思ったよりも楽しいという事は、冒険者時代には思ってもみなかった事だ。

(そういや、俺、いつまでユーフェに雇われるんだろ?)

家の掃除は終わった。そういう意味では仕事は済んだ様にも思われるが、ユーフェミアは世話をして欲しいと言っていた。となれば、このまま放免などという事はないだろう。それにトーリがいなくなれば再び屋敷が汚れる事は目に見えている。

「終身雇用……って事なのかなあ」

ここで家事や菜園をこなしながら、ユーフェミアや召喚獣たちの世話をして暮らす。それも悪くはない。意地を張って足掻《あが》いた所で冒険者としての道はもう選べそうもない。そもそも、モンスター退治やダンジョン探索などは、体力の面からも気力の面からも、若いうちでなければいけないだろう。

そういう意味でも、ここで暮らすというのは安定している。何となく気持ちが片付かないのは、まだ慣れていないからなのか、わずかでも冒険者に未練が残っているからか。しかしいずれにせよ選択肢などそうありはしないのだ。

何となく悶々《もんもん》とした気分で家に入り、いつもの様に夕飯の支度を始める。

妙に家の中が広い。ユーフェミアは寝室だし、シノヅキもスバルもシシリアもいないから、要するにトーリ一人だ。やかましい連中ばかりだが、いないといないで何となく寂しい。

日が落ちて、じっくりとローストしていた肉が焼き上がる頃《ころ》、ユーフェミアが出て来た。寝癖でくしゃくしゃの髪の毛をそのままに、眠そうな目を手の甲でこすっている。

「いいにおい」

「お前、いいタイミングで起きるなあ」

豆のスープと炙《あぶ》り肉、それにパンとチーズの夕飯である。

食卓に向き合うと、こうやってユーフェミアと二人きりでこの家にいるのが、何だか不思議に思われた。家が綺麗《きれい》になってからは、魔界の幻獣たちも一緒にいたので、二人きりは何だか新鮮である。

「おいしい」

ユーフェミアは幸せそうに肉を頬張っている。

「ユーフェはさ、俺が来る前は何食ってたわけ？」

「お芋。あと町に行ってパンとかお菓子も買ってた。それからたまにお料理してた」

「何ぃ？　お前料理できたの？」

「うん。切って茹《ゆ》でて、お塩かけて食べる。お肉は炙る」

「ああ、成る程……料理？」

一応台所に食材はあった。まったく料理をしないわけではないだろうと思っていたが、茹でて塩で食べていただけだったらしい。

「でもたまにシチューも作ったよ」

「……そういや、掃除の時にダークマターみたいな物質が鍋《なべ》に入っていたが？」

「あれは失敗。ちょっと焦がした」

「ちょっとってレベルじゃねーぞ！」

ユーフェミアはなぜかドヤ顔である。勝手にしろ、とトーリは自分の皿に向き直った。

夕飯を終え、トーリは寝室に逃げようとするユーフェミアを捕まえて風呂場《ふろば》に放り込んだ。

「出してー」

「だめ！　洗わないでもいいからせめて湯に浸《つ》かって体を温めなさい！」

ユーフェミアは観念したらしく、中からじゃばじゃばと水音が聞こえて来た。やれやれと思いながらトーリが食器を片付けていると、びしょ濡《ぬ》れのユーフェミアが風呂場から出て来た。

「トーリ、タオル。着替えもない」

「うおおっ！」

トーリは大慌てで乾いたタオルを広げ、ユーフェミアを包む。ユーフェミアは包まれただけで動かない。髪の毛からぽたぽたと水が垂れる。

「あーあー、もう」

トーリはユーフェミアに後ろを向かして、髪の毛をわしわしと拭く。その勢いでユーフェミアがよろめいた。

「うにゃにゃ」

「暴れるなって」

「もっと優しく」

「文句言うな」

ユーフェミアは頬《ほお》を膨らまして、肩越しにトーリを見返った。

「洗ってくれた時はもっと優しかった」

「そりゃお前……というか、あんまし男に軽々しく裸を晒《さら》すんじゃねえよ、恥ずかしくないのか？」

「トーリ相手なら恥ずかしくないよ」

「うぐっ」

前も言われた。どういう意味なのかと考えるけれど、まとまらない。まとまらないけれど、沈黙するのが妙に気まずい。舌の動くままに口を開く。

「お、お、お前さ、そういう勘違いしそうな事、言われちゃうと、俺、あれなんだけど？」

「勘違い？」

「そ、そ、そう。お、俺の事、すすす、好きなんじゃないか、とか」

やべえ、言ってしまった、とトーリは青ざめる。ユーフェミアはきょとんとした。

「好きだよ？」

「うおい！　なんでだよ！　俺が好かれる要因、あるのか!?」

「お料理上手。お掃除してくれる。お世話してくれる。褒めて撫《な》でてくれる。大好き」

「だ、打算的……！　いやでも、間違ってない、のか……？」

唸《うな》るトーリに、ユーフェミアは寄り掛かった。服に湯がしみ込んで来る。

「母様がね、言ってたの」

「え？」

○

「うぐ……ユーフェ、聞きなさい。母様は大事な事をお前に教えておきます」

「はい母様」

「いい事？　魔女というのは基本的に魔法の事以外は駄目なもの。母様もそうだったわ。日々実験と製薬、魔法の鍛錬に打ち込んで、家事は絶望的……家は散らかり放題。手の込んだ食事なんて望むべくもなかった！」

「知ってる」

「だからこそ！　そういう事が得意な男を見つけたら、何を措いても自分のものになさい！　知識、財力、魅力、すべてを利用してつなぎ止めるのよ！　母様もそうやって父様をゲットしたんだから！」

「へえー」

「ユーフェ。あなたは母様に似てとっても可愛《かわい》い……その気になれば男なんてイチコロよ！　いざとなれば肉体美を使いなさい、肉体美を。男は既成事実と責任という言葉に弱いんだから。いい事？　この母様の言う事を、忘れちゃ、駄目、よ……うぐっ、ぐぅえ。ぐおおお、もう限界！」

「母様!?　駄目！　しっかりして！」

○

トーリは神妙な面持ちで、ユーフェミアの肩にタオルをかけた。

「だいぶひどいが……それが、お母さんの遺言だったのか」

「え？　違うよ？　二日酔《ふつかよ》いで吐きそうだったの。寝床で吐かれちゃ困るからわたしも大慌て」

「何だよ紛《まぎ》らわしいな！　え？　じゃあ、お母さんご健在なの？」

「うん。今は父様と一緒に魔界に住んでるよ」

「魔界⁉　人間なのに⁉」

「母様は人間。父様は上位魔族なの」

「お前半魔族だったの⁉」

色々と衝撃の事実が暴露され、トーリは頭がくらくらした。ユーフェミアの規格外の実力も、半魔族だという事ならば確かに納得できる。

（というより、上位魔族に家事やらせてたんかい、お母さん！）

この母にしてこの娘あり、である。しかし自分もフェンリルやフェニックスに荷物持ちをさせていた事には考えが至らないトーリであった。

ユーフェミアはタオルで顔をぬぐった。

「トーリが『泥濘《ぬかるみ》の四本角』で、ずっと裏方をやってるって話は、噂《うわさ》で聞いてたの。悪口みたいな風に言われてたけど、わたしはそうは思わなかった。料理とか掃除とか、わたしは全然できないからすごいなーって思った。でも引き抜きみたいな事しちゃうとこじれそうだから、トーリがフリーになったって聞いた時は急いで捜したの」

「そ、そうか……」

そんなに前から目を付けられていたとは、とトーリは頬を掻《か》いた。嬉《うれ》しい様な照れ臭い様な、ちょっと複雑な気分である。

「だからね、トーリにはずっと一緒にいて欲しい。わたしの事も好きにしていいよ？　肉体美だよ？」

「そういう事を軽々しく言っちゃいけません！」

「……トーリは、わたしと一緒にいるの、いや？」

ユーフェミアは寂しそうにトーリを見た。

「わたしは一緒にいたい。トーリと一緒にいると楽しい」

「……嫌じゃない。でも、それとお前をどうこうするのはイコールでつながらない。そう事を焦るなって。俺は出て行ったりしないから」

「本当？　嬉しい」

ユーフェミアは嬉しそうにトーリに抱き付いた。トーリはユーフェミアの頭をぽんぽんと撫でながら嘆息した。

「だからまず服を着ろ」

「むー」

ユーフェミアは口を尖らした。

何だかすごく重大な告白をされた様な気がするのだが、前後のつながりが唐突だったのと、雰囲気が間延びしているせいで、イマイチ実感が湧《わ》かない。とりあえず、しばらくはこのままでいいらしい、という事は何となくわかった。

しかし今はともかく、行く行くはどうなるのか。

最終的に家事担当の男と結婚まで行き着いた母親の言葉をユーフェミアが真に受けているのであれば、トーリは婿入りする事になる可能性がある。今までのやけに距離の近いスキンシップがそれを見越しての事であったら、どうだろう。

（……バグってると思ってた距離感は意図的だったたって事⁉）

しかし、目の前のユーフェミアはのほほんとしたままトーリに抱き付いている。天然なのか意図的なのかちっともわからない。

その辺りはひとまず考えない方が心の安定にはよさそうだ、とトーリは決め、ユーフェミアに下着を押し付けた。

○

ぽふんと寝床に身を投げ出したユーフェミアは、枕を引き寄せて顔を埋めた。さらさらした枕からは日光のにおいがした。トーリが来るまで干された事のなかった枕からは、いつも自分の髪の毛のにおいがしていたものだ。

もそもそと服を脱ぎ捨てて寝床の脇《わき》に放り出し、布団をひっかぶった。さらさらした布団が直接素肌に触れるとたまらなく気持ちがいい。これもあまり干された事がなかったが、トーリが洗濯をしてくれる様になってからはふかふかさが増して、特に干されたばかりの布団は大変心地よい。

ユーフェミアは布団の中で仰向けになったりうつ伏せになったりして、柔らかな布団の感触を堪能した。

「トーリ、来てくれて嬉しい」

おいしい食事に舌鼓を打つ度に、ふかふかの布団に包み込まれる度に、ユーフェミアはそう思った。少し前までは汚い部屋の中で味気ない食事をとるばかりだったし、使い魔たちも仕事を終えるとさっさと魔界に帰っていたが、今は生活を共にする様になって、毎日が賑《にぎ》やかで楽しい。表情に乏しいユーフェミアだが、ちゃんと楽しんでいるのである。

トーリも最初のうちの遠慮がなくなって来て、ずけずけとものを言って来るし、叱《しか》られる事だってある。しかし甘えれば応《こた》えてくれるし、頑張れば褒めてくれる。ユーフェミアはそれが嬉しかった。アズラクでは〝白の魔女〟として恐れられるばかりだった分、そういった関係性がとても新鮮なのだ。別段誰かに認めて欲しいなどという願望はユーフェミアにはなかったが、トーリに褒めてもらえるのは何だか嬉しいのである。

ユーフェミアはころんと寝返って布団から顔だけ出して天井を見た。窓から差し込む月の光で天井の桟が見える。長い間蜘蛛《くも》の巣《す》だらけだったのが、今ではすっかり綺麗《きれい》になっている。

「……出て行っちゃわないかな」

最近はそれが少し気にかかる。トーリがここの生活が嫌だという風には見えないけれど、ここのところは『泥濘の四本角』の事が気にかかっている様に見受けられる。

ぶっきらぼうではあるものの、性根がお人好《ひとよ》しの気があるトーリは、一方的に追い出されたというのに仲間の事を気遣っている。それが高じて戻ってしまいはすまいか。今日だってカフェでスザンナの事を心配していた。

ここにいて欲しい。ずっと一緒にいて欲しい。

生活を共にするうちに、ユーフェミアのそんな思いはむくむくと膨れていた。

居間の方ではごそごそと音がしている。トーリは毎晩ユーフェミアが寝室に引き上げてからも、あれこれと家事をしているらしい。夕飯の片づけをし、洗濯物を畳み、翌朝の食事の仕込みをする。火の始末をして戸締りをし、ようやく床に就くのだ。

トーリには沢山喜ばせてもらっている。それなら、自分もトーリを喜ばせてあげられれば、ずっと一緒にいたいと思ってもらえるだろうか。

「トーリが嬉しいのは……」

色々な事を考えながら、ユーフェミアは目を閉じた。ああして、こうして、という計画が次第に取り留めもないイメージになって、やがて夢の世界にまどろんで行く。ほどなく、小さな寝息が口から漏れ出した。

8. 死蟲《しむし》の薬

アズラクの町には日々冒険者が流入し、それに伴って物資が入り、商人や職人なども集まる流れができている。現在最も賑やかな都市であり、発展を続けている。

人類の脅威であるはずのモンスターは良質な素材の原料であり、周辺にあるダンジョンからも多くの資源を得る事ができる。戦えるだけの力があれば、脅威も資源へと変わるのだ。実力さえあれば冒険者として食って行くのに支障はなく、加えて一攫千金《いっかくせんきん》も夢ではない。

だが実力を見誤れば、そこには死や半身不随が待っている。ハイリスクハイリターン。冒険者は人生そのものが冒険なのだが、優秀な冒険者ほど不必要な冒険はしないから皮肉なものである。

『蒼の懐剣』前衛のエースである双剣士のスザンナは、大金を包んでアズラクの療養院へと向かっていた。毎月払っている弟シリルの薬代である。

薬の在庫がないとかで、最近はまた値上がりした。白金級《プラチナ》の冒険者であるスザンナの収入でも、かなりかつかつだ。それでもたった一人の肉親の為《ため》、スザンナは双剣を振るい、その収入の大部分を治療費に当てていた。

仕事が忙しいから、中々お見舞いにも行けていない。弟が自分の顔を見たがっているのはわかっているのだが、仕事が滞っては治療費が払えなくなってしまう。加えて、自分のいる場所を狙《ねら》っている冒険者は多い。『蒼の懐剣』は少しずつメンバーも増えていて、一軍と二軍ができるほどだ。成績が落ちれば、地位を保つのも難しい。だから仕事をこなし続けなくてはいけないのだ。

病室に通されると、青白い顔をしたシリルの表情がほころんだ。十三歳になるのに、長い療養生活で線が細いせいで二、三歳は年下に見える。

「お姉ちゃん」

「シリル、ごめんね。しばらく来られなくて」

スザンナは買って来た果物やお菓子などをベッドの傍らのテーブルに置いた。

「ぼく、今日は調子がいいんだ。朝は散歩にも出たんだよ」

「わあ、よかった！　その調子なら、きっと治るよ！」

スザンナは笑いながら、果物を手に取って皮を剥《む》く。シリルは窓の外を見た。

「風があったかくなって来たねえ。お姉ちゃん、お仕事、忙しいの？」

「うん……でもお姉ちゃん、白金級《プラチナ》なんだよ！　だからなーんにも心配要らない！　はい、食べて食べて。甘くておいしいぞう」

スザンナは努めて明るく振舞っていたが、今にも涙がこぼれそうな心持だった。

さっき治療費を渡す際に医者と面談したのだが、シリルに巣くう死蟲はじわじわと大きくなっており、あとふた月ほどの命だという。現在の薬では、死蟲の勢いを抑える事はできても除く事はできない。

自分がしている事は無駄な事なのだろうか。必死に延命をして来たが、ついに終わりが見えて来てしまった。

仕事の時間を減らして弟と過ごす時間を増やすのか、それとも今まで通り治療費を稼いで、少しでも弟を生きながらえさせるのか。しかしどちらの道も、行きつく先は悲しみしかない様に思われた。

シリルが驚いた様に手を伸ばし、スザンナの頬《ほお》に手を当てた。

「お姉ちゃん、大丈夫？　どこか痛いの？」

「え？」

涙がこぼれていた。

そうと気づくともう止まらない。溢《あふ》れて来る涙で表情がくしゃくしゃとなり、スザンナはそのまま両手で顔を覆って嗚咽《おえつ》した。

「ごっ、ごめんねぇ、シリル……わたし、駄目なお姉ちゃん、だねぇ……」

「お姉ちゃん、大丈夫。いい子いい子」

穏やかな顔の弟に頭を撫《な》でられながら、スザンナは泣いた。クランの仲間を切り捨ててまでお金を稼ぐ為の道を選んだのに、シリルが死んでしまったらどうしよう。

その時、後ろから重厚な声が響いた。

『邪魔するぞ』

びくり、と体を震わして振り向き、仰天した。〝白の魔女〟が立っていた。頭が天井につくかと思うくらいでかい。

「あ、あ、あ……」

「うわあ、凄《すご》く大きい……！　こんにちは、お姉さん！」

怖気づくスザンナと違って、シリルは無邪気に挨拶《あいさつ》する。

（お、お姉さん？）

スザンナはおろおろした。どう見ても老婆なのだが、シリルは時折こういう不思議な事を言う。

〝白の魔女〟はわずかに口端を緩めた。しかし表情が柔らかくなったとは到底思えない。

『よい挨拶だ、小僧。スザンナ。うぬとは前に一度戦場にて邂逅《かいこう》したな』

「そ、そ、その節は……」

『弟が死蟲に侵されているそうだな』

その言葉に、スザンナは息を呑《の》んだ。

「な、なんでその事を……」

『トーリから聞いたのだ。奴《やつ》はうぬらを心配している』

トーリが、とスザンナは呆《ほう》けた。自分たちはあんなにひどい仕打ちをしたのに、弟の事を覚えていて心配までしてくれていたんだ。

「え、あ、う……そ、それで、〝白の魔女〟さんは、どういうご用事で……？」

『うぬにくれてやろうと思って持って来た』

そう言って〝白の魔女〟は懐から小瓶を取り出した。しかし小瓶に見えたのはその巨大な体躯《たいく》ゆえで、スザンナが受け取るとボトルくらいの大きさがあった。

「これは……」

『死蟲に効く薬の試作品だ。我と従魔で魔界や辺境で材料を集め、試行錯誤の末作り上げた。毎食後コップ半分の量を服用すれば、七日の後に死蟲は消える筈《はず》』

スザンナは目を見開いた。

「な、な、治るんですか⁉　あっ、で、でもこんな貴重なもの、ただじゃ……」

『あくまでまだ試作品だ。我はうぬらを実験台にしたいと言っている様なもの。金なぞ要らぬ。だが、おいそれと手に入らぬ素材を使っているがゆえ、効果がないとは思えぬ。試すか、試さぬか。返答や如何に？』

考えるまでもなかった。ぼろぼろと涙がこぼれて来る。

「ありがとう、ございます……もう、もう、駄目だとばっかり……」

『礼は治ってから言えばよい。我は失礼するぞ』

「ありがとう、お姉さん！　また来てね！」

とシリルは無邪気に手を振った。

〝白の魔女〟が出て行って、シリルはくすくす笑った。

「凄いお姉さんだったねえ、スザンナお姉ちゃん。ぼく、驚いちゃった」

シリルの言葉が終わる前に、スザンナはシリルに抱き付いた。

「んぐ、お姉ちゃん、苦しいよ」

「シリルぅ……よかったぁ、よかったよぉ……」

スザンナはぼろぼろと涙をこぼした。しかし、今の涙は不思議と温かかった。

◯

鶏小屋を直していたトーリは、畑に奇妙な植物が生えているのを見つけて顔をしかめていた。妙に刺々しく、先端についたつぼみは毒々しい色をしている。

「なんじゃこりゃ」

「あらぁ、もうこんなに育ったのねえ。地上だと生育具合が違うのかしらぁ？」

シシリアがトーリの脇《わき》にかがみ込んで言った。無暗に距離が近い。トーリは肌が粟立《あわだ》つのを感じて、慌てて立ち上がる。

「あんまり近づかないでもらえますかね！」

「あぁん、もう。怖がらなくていいのにぃ」

シシリアはくすくすと笑ってばかりいる。トーリは嘆息し、再び植物の方に目をやった。

「それで、なんですか、これ。魔界の植物なの？」

「そうよぉ。ユーフェちゃんが薬の材料にしたいからって集めたのを、ついでだから一株持って来てみたの」

「魔界じゅうを探して見つけて来たのはボクだけどね！　大断壁を越えて行けるのはフェニックスのボクくらいのもんだし！」

とスバルが偉そうに胸を張った。トーリはふむと首を傾《かし》げる。

「魔法薬の仕事なんか入ってたっけ？」

「なんぞ別件らしいぞ。わしも詳しい事は知らぬが、魔界であちこち素材を探し回ったわい」

とシノヅキが言った。

魔界での所用を済ます為《ため》に戻っていたこの三人も、用事が済むとすぐに召喚され直された。ユーフェミアは別に呼び出す用事なぞなかったのだが、魔界側からユーフェミアに呼べ呼べと再三催促があったので、不承不承に呼び出した形である。召喚されての第一声が「飯！」だった。すっかり餌付けされているらしい。

そうして、それから今度はユーフェミアの方が毎日魔界に出向いていた。何かを集めているらしく、そうして帰って来る度にシシリアと二人で作業部屋に籠《こも》っていた。

その間トーリは一人で留守番をしていたのだが、畑の手入れに鶏小屋の修理と、邪魔者がいない方が捗《はかど》る作業をしていたので、結果的にはよかったのである。

（ま、ユーフェの仕事には俺は口出しできねえからな）

と、トーリはもう完成直前の鶏小屋の修理に再度取り掛かり出す。

「それ、なんの家？」

とスバルが言った。トーリは木材の位置を合わせながら口を開いた。

「鶏小屋。まあ、お前みたいのを入れるんだよ」

「ほう、スバルはいよいよ個人宅を持つんか」

とシノヅキがにやにやしながら言った。スバルは頰《ほお》を膨らまして両腕をばたばたと振った。

「やだよ、こんな小さな家！　どーしてボクを追い出すんだよう！」

「冗談だよ、真に受けるなって。ここには鶏とかアヒルを入れるの」

「あら、家畜を飼うのねえ。ふふ、いいじゃない」

「……シシリアさんが言うと何か家畜が別の意味に聞こえるな」

「へえ、トーリちゃん、そういうのが好きなのぉ？　お姉さんが飼ってあげましょうかぁ？」

「わざと曲解するのやめてくれませんかねえっ⁉」

暇を持て余す従魔たちに絡まれながら大工をしていると、ユーフェミアが戻って来た。〝白の魔女〟の姿がほどけてユーフェミアの姿へと変わる。

「おう、お帰り。一人で仕事？」

「ううん。お薬、渡して来た」

「誰《だれ》に？」

「スザンナ」

「は？」

「死蟲に効く奴」

トーリはぽかんとして、ユーフェミアを見ていたが、ハッとして歩み寄った。

「えっ、お前……最近ずっと作ってたやつって、もしかして？」

「うん。新しい調合を試せたから、ちょうどいいと思って。ね、シシリア」

「そうねえ。死蟲対策の薬って、あんまりなかったものねえ」

「しっかし、材料集めに難儀したぞい。地上でも魔界でも珍しい材料ばっかりじゃったからな。そう易々と量産できる代物ではないじゃろうな」

「ボク、魔界をあっちからこっちまで飛び回ったよぉ」

銘々に喋《しゃべ》っている。トーリは妙に脱力してしまった。

「じゃ、じゃあ、スザンナの弟の病気、治るのか……?」

「理論的には。試作品だから絶対とは言えないけど、九割九分九厘治る筈だよ」

「は、ははっ……そっか。治るのか……よかったなあ」

トーリは頭を掻《か》いて笑った。自分の事ではないし、もう決別したと思った元仲間の事なのに、こういう話を聞くと素直に嬉《うれ》しい。

ふと見ると、ユーフェミアが期待する様な目でトーリを見ながら立っていた。トーリは苦笑しながら、ユーフェミアの頭をくしゃくしゃと撫でた。

「ありがとな」

「違う」

「え?」

「ん!」

と言って両腕を突き出す。トーリはやれやれと頭を振って、ユーフェミアを抱き寄せた。そうしてぽんぽんと背中を撫でる。

「よくやった！　偉い！　流石《さすが》は〝白の魔女〟！　ありがとう！」

「ん！」

ユーフェミアは嬉しそうにトーリを抱き返して、胸に顔を擦り付けた。

「トーリちゃーん。お姉さんの事はよしよししてくれないのぉ？」

「ボクも凄く頑張ったんだぞー。よしよししてよ、おにいちゃーん」

とシシリアとスバルがすり寄って来る。ユーフェミアは顔をしかめて、二人を小突いた。

「駄目。トーリのよしよしはわたしのもの」

「えー、ユーフェちゃん、それはずるいわよう」

「そうだよー。別に減るもんじゃないし、いいじゃん！」

「だーめ！」

そう言ってユーフェミアはトーリの後ろに回り、そのまま背中に飛びついた。不意を突《つ》かれてトーリはよろめく。

「うおおっ、突然乗るなっ！」

「あ、前がら空き！　隙ありっ！」

と言ってスバルが前から飛びつく。

「だああっ！」

「あらあら、出遅れちゃった……」

とシシリアが残念そうに頬に手を当てる。

「スバル、だめー！　離れてー！」

とユーフェミアはトーリの背中でじたばたと暴れる。それはむしろトーリを余計によろめかせる結果に終わった。

「やめろぉ！」

「飯、まだかのー」

と我関せずを貫いていたシノヅキが、あくびしながら言った。トーリの眉《まゆ》が吊《つ》り上がる。

「何知らん顔してんだシノさんコノヤロー！　俺が捕まったままだと飯もないぞ！」

「ぬう、それは困る。おぬしら、いい加減にトーリを解放するのじゃ。飯が食えんではないか！」

どたどたしていると、空から何か落っこちて来た。小包である。それがトーリの頭に直撃した。

トーリはかがんで悶絶《もんぜつ》する。

「ぐおお……」

「お届け物？」

とスバルがそれを拾い上げる。紙の束だった。似顔絵、名前、数字が書かれている。

「手配書の様じゃの」

「あら、こんなにいっぱい。ユーフェちゃん、取り寄せたのぉ？」

ユーフェミアはトーリの背中から下りて、手配書をまじまじと見た。

「うん。今回のお薬で結構お金も使ったから、手っ取り早く賞金首でも狩ろうと思って、ギルドに手配書を集めてもらう様に頼んでたの」

「お前、そんな大金まで使ってくれたのか……悪かったな」

とトーリが言うと、「いいよ」とユーフェミアは朗らかに言った。

「だって今までトーリにお給料もあげてないし」

「あ」

そういえばそうだった、とトーリは思った。しかしずっとここにいて、町に出る時は買い出しばかりである。自分の食費も家賃もかからないし、風呂《ふろ》にも入れる。町は遠いから娯楽に金を使い様もない。給金がなくてもなんらの不便を感じなかったゆえに、今まで気づかなかった。

トーリは頭を掻いた。

「まあ、いいよ。今んとこ、金あっても使い道ないしな」

「どいつをぶっ殺すの？　ボク、手ごたえない相手は嫌だなー」

「人間の賞金首では大して面白くもなかろうな。犯罪魔族はおらんか」

「あ、この子可愛《かわい》いわねえ。お姉さん、この子がいいわぁ」

トーリの事なぞ放って、魔界の住人たちは手配書を見てきゃっきゃとはしゃいでいる。女子会の様なノリだが話の内容が物騒である。

ユーフェミアが一枚取ってひらひらと示した。

「今のところ、一番額が高いのはこれ。大悪魔レーナルド」

ぴくっとトーリの眉が動いた。

「なんじゃ、こやつまだ生きとったんか」

「なになに、大量虐殺、村落破壊。あー、人間殺して悦にひたるタイプ？　ボク、こういうのきらーい」

「何年か前に魔界から逃げ出した犯罪魔族だったわねぇ。ユーフェちゃん、こいつ狙《ねら》うのぉ？」

「そうしよっかな。でもここ数年はあんまり動きがなくて、どこかに潜伏してるみたい……トーリ、どうしたの？」

手配書を睨《にら》んでいたトーリに気づき、ユーフェミアは首を傾《かし》げた。

「……こいつはさ、俺の仲間の両親の仇《かたき》なんだ」

9. 協力

大悪魔レーナルドは、魔界から逃げ出した犯罪魔族である。

本来魔界の住人は、地上の人間と契約を交わして呼び出される事でしか召喚アストラルゲートをくぐる事はできないのだが、魔界で罪を犯したレーナルドは、禁術を行使して無理やりに地上へと逃げ出した。

禁術の代償によって大悪魔としての力は衰えたが、それでも地上においてはかなりの力を誇る。レーナルドはその力を好き勝手に振るい、人間たちに害を与えた。

『蒼の懐剣』のアンドレアは、その被害を受けた一人だ。彼の故郷の村はレーナルドが面白半分に襲って壊滅した。両親も友人も一人残らず死んでしまった。

以来、アンドレアはレーナルドを仇として追い続けている。

しかし、アンドレアは冷静な男だから、自分がレーナルドの力に追い付いていない事を理解している。だからこそ、より強いモンスターと戦って経験を積み、難しいダンジョンでアーティファクトを得る事に血道を上げていた。そうする事で、いつかレーナルドの首を取る事ができると信じたのである。

遠回りかも知れない。しかし、自分まで死ぬ事になっては、仇を討つ事ができない。アンドレアは逸《はや》る心を抑えながら日々の仕事と鍛錬に邁進《まいしん》し、着実に実力をつけていた。

その日も『蒼の懐剣』は、アズラク近くの荒れ地で武装したオークの一団と戦っていた。

「崖《がけ》の上に気を付けろ！」

「右から回れ！　連中、思ったより足が速いぞ！」

オークは屈強なモンスターだ。戦略までは無理だが、戦術を整えて襲って来る事もある。集団になると白金《プラチナ》級の冒険者でも苦戦は免れない相手である。

慎重に戦うメンバーを尻目《しりめ》に、スザンナが一人、活き活きした動きで縦横無尽に跳び回り、硬いオークの鎧《よろい》の継ぎ目を狙って次々に斬り裂いて、どんどん無力化していた。地面に足が着いていないのではないかと思われるほどに身軽である。

メンバーたちが感嘆の声を漏らす。

「すげえ……スザンナ、何か最近調子よくないか？」

「ああ。何でも弟の病気が治ったんだってよ」

「ずっと治療費稼いでたっていうあれか？　そりゃ解放されもするわな」

スザンナの活躍で、オークの群れは無事に討伐された。メンバーたちはオークの武器防具を拾い集めて戦利品とする。質は悪いが、金属としては使えるし、時には冒険者から奪ったらしい質のいいものもあるのだ。モンスターの所持品は遺失物届でも出されていない限りは討伐した者に権利がある。報奨金以外の臨時収入である。

アンドレアはスザンナに歩み寄った。

「いい調子だな」

「うん！　シリルも治ったし、絶好調だよ！　えへへ、〝白の魔女〟さんって、すっごくいい人なんだね。今まで見た目で判断してて本当に申し訳ないよ……」

とスザンナは頭を掻いた。

〝白の魔女〟が死蟲の特効薬を持って来てくれた、というのはにわかには信じがたい話だったが、あの日療養院に現れた巨大な白い老婆を見た者は多く、また実際にシリルは完治しているので、今となっては疑う者はいない。

かつては神秘のベールで包まれ、恐れられていた〝白の魔女〟が、実は非常に優しいのではないか、という噂《うわさ》は、ギルドじゅうに広まった。

あれから中々依頼にも出て来ないので話しかける人間はいないけれど、今までの評判とのギャップで却って〝白の魔女〟性善説は盛り上がりを見せ、下手《へた》をするとアイドル扱いする様な者までいた。

アンドレアは荷物を担いだ。

「……トーリから聞いたと、確かにそう言ったんだな？」

「そうそう。それで薬まで作ってくれたんだよ。お医者さんがね、成分を分析してみたらしいんだけど、八割が魔界の希少な素材でできてたんだって。だから大量生産はおろか、もう一度作るのもかなり難しいだろうって」

「そんなものを一度とはいえ作ってしまったんですか……やっぱり、規格外ですね〝白の魔女〟は」

とジャンが苦笑いを浮かべた。同じ魔法使いだから、感じるものもあるのだろう。スザンナはにこにこしながら自分の荷物を担ぎ直した。回収したオークの武具が触れ合ってがちゃがちゃ鳴る。

「わたしね、トーリに感謝してる。もし実力を隠してたんだとしても、〝白の魔女〟と繋《つな》がりを作って、こうやって助けてくれたんだもん」

「そうなのかも知れませんね……彼がいくら強くても、魔界に自由に行き来するなんてできないでしょうし」

「……やっぱり、俺は言いすぎたな」

とアンドレアは俯《うつむ》いた。仲間ではない、などという様なニュアンスの事は言うべきではなかった。現に、トーリは今でもスザンナの事を考えていて、助けを寄越してくれたのだ。

ただ、アンドレア自身もトーリの事が嫌いではなかったせいで、やはり解雇というのに情が歯止めをかけようとしていた。だから、むしろきつい言葉を使う事で無理やりに自分を納得させようとしていた節もある。今となってはそれにも後悔ばかりが残っているが。

そうしてアズラクのギルドにまで戻ると、中が騒然としていた。

何だろうと入ってみると、ロビーに〝白の魔女〟がいた。冒険者たちは遠巻きにそれを見ながら、緊張気味に囁《ささや》き交わしている。性善説が流布しているけれども、やはり実物は尋常ではない威圧感があって、話しかけようという猛者《もさ》はいないらしい。

しかし、スザンナが足早に駆け寄って、ぺこりと頭を下げた。

「〝白の魔女〟さん！　この前は本当にありがとうございました！　おかげでシリル――弟もすっ

かり治って」

『そうか。ならばあの試作品は成功したと言えるな』

声は恐ろし気に響いた。周囲の冒険者たちは凍り付くが、スザンナはにこにこしながら続ける。

「はい！　でも凄いです！　魔界の素材ばっかりだったって、お医者さんも言ってて……わざわざありがとうございました！　それで、その……トーリにもありがとうって伝えてもらえませんか？」

『よかろう。うぬが喜んで礼を言っていたと伝える』

少し緊張気味に強張っていたスザンナは、ホッとした様に表情を緩めた。〝白の魔女〟は目を細めた。

『して、アンドレアはどこだ？』

その場にいた冒険者たちの目が一斉にアンドレアに注がれた。アンドレアは急な指名に頭が追い付かず、凍り付いたまま目を白黒させた。

周囲の視線でわかったらしい〝白の魔女〟は立ち上がり、アンドレアへと歩み寄った。人垣がざあっと割れて、アンドレアへの道ができる。

（や、やはりすさまじい……）

アンドレアは冷や汗をかきながらも、気丈に〝白の魔女〟を見返した。

「……俺に、何か？」

〝白の魔女〟は、懐から何かを取り出してずいとアンドレアに突き付けた。そこには長年追い続けた仇敵《きゅうてき》の似顔絵があった。部屋に貼り、毎日睨んで恨みを忘れぬ様にしていた相手だ。

「レーナルド……?」

『我はこやつを討伐しに行く』

アンドレアは表情をこわばらせた。長く追い続けた仇だ。自分の手でとどめを刺したい。しかし、今は実力が足りない。だから上を目指して足掻《あが》いて来た。

だが、〝白の魔女〟であれば大悪魔レーナルドも倒してしまうだろう。

アンドレアはくっと唇を噛《か》んで俯き、嘆息した。

「そうか……あんたがそうすると決めたなら、そうすればいい。俺には関係ない」

『うぬの両親の仇だとトーリから聞いた』

アンドレアは驚いた様に顔を上げる。

「……代わりに、あんたが仇を討つとでも?」

『違う。我はうぬらに共闘を申し出る』

アンドレアは息を呑《の》んだ。後ろで『蒼の懐剣』のメンバーたちも顔を見合わせてざわめく。

「共闘……〝白の魔女〟と?」

「マジかよ……この前の蜘蛛《くも》退治の時と違って、ガチで一緒に戦うって事?」

「す、すげえ……そんな申し出されるなんて、夢にも思わなかった」

騒ぐギャラリーを一顧だにせず、〝白の魔女〟はアンドレアをジッと見ながら続ける。

『レーナルドは現在辺境の奥にて息を潜めている。その魔下《きか》には彼奴が召喚した魔界の幻獣も多数いる事が確認されている。我に敗北はあり得ぬが、取り逃がす事は避けたい』

「……だから、俺たちと共闘を？」

『そうだ。しかしうぬらはまだ実力不足。単に我の後ろで見ているだけでは、到底共闘などとは呼べぬ』

「ああ、そうだな……だが」

ならばなぜ共闘などと？　とアンドレアが問いかけると、〝白の魔女〟は鼻を鳴らした。

『うぬらを鍛える。我と並ぶほど、とまでは言わぬが、せめて手が出せるくらいにはなってもらおう。その上で、我はこやつの討伐にうぬらと共に赴きたいと思う』

わあっ、と歓声が上がった。『蒼の懐剣』のメンバーはおおはしゃぎである。

「マジかよ！　最強の冒険者に鍛えてもらえるのか⁉」

「やべえ！　最高じゃん！　今まで行けなかったダンジョンに行けるんじゃねーか⁉」

騒ぐメンバーたちと対照的に、アンドレアは警戒した様な顔をしていた。

「……なぜ、そこまでしてくれるんだ？　同情か？」

『違う。しかしトーリに頼まれた事でもある』

それを聞いてアンドレアは目を剥《む》いた。

「トーリが……？」

『我は元々単独でレーナルドを討伐する事にしていた。しかしトーリが、これはうぬの仇だから待って欲しいと頼んで来たのだ。だが、それではうぬがいつ彼奴を討てるかわからぬ。ゆえに我の判断でうぬらを鍛える事に決めた』

「……そうか」

何となく煮え切らない様子のアンドレアを見て、〝白の魔女〟はふんと鼻を鳴らした。

『無理強いはせぬ。しかし親の仇《かたき》よりも自尊心を選ぶのか、うぬは？』

アンドレアはぐっと唇を噛んだ。

そうだ。自分は親の仇を討ちたいのだ。誰《だれ》の助けも借りずにそれを達したいなどと思ってはいなかった筈《はず》だ。それなのに、生半可に実力を得た事で自尊心が膨らんでいた。自らの屈辱も呑み込めずに、親の仇だなどとよく言えたものだ。

「アンドレア、大丈夫ですか？」

ジャンが労わる様に背中をさする。アンドレアは顔を上げた。

「あんたの言う通りだ。俺は仇を討つ為《ため》に多くの人に協力してもらわなければならない……〝白の魔女〟、あんたの申し出を是非受けさせてはくれないか？」

『無論だ』

再び歓声が上がった。『蒼の懐剣』と〝白の魔女〟という、アズラクの二大巨頭が手を取ったのである。

さて、そうしていよいよ鍛錬の時がやって来た。しかし、〝白の魔女〟は鍛錬場の壁際で腕を組んでいるばかりだ。そうして、代わりに三人の美女が『蒼の懐剣』の前に立った。

「おうおう、気合は入っとるか？　わしは厳しいぞ。覚悟を決めてかかって来るのじゃ」

と腕を回しながら豪快に笑っているのは銀の長髪を束ねた長身の美女、シノヅキである。

「えへへー、ボクに勝てる人いるのかなー？　ま、勝てなくても悲しまないでいいよー、スバルちゃん、めっちゃ強いからね」

と頭の後ろで手を組んでいたずら気な顔をしているのは、赤髪で小柄な少女スバル。

「うふふ、可愛《かわい》い子がいっぱいねぇ。お姉さん、張り切っちゃうわぁ」

と妖艶《ようえん》な笑みを浮かべる女魔法使いシシリア。この三人が鍛錬の講師役を務めるらしい。

冒険者たちはひそひそと囁き交わした。

「な、仲間がいたのか」

「けど、すげえな。美人ばっかしじゃねえか……」

「シ、シノヅキさん、めちゃ綺麗《きれい》……足長いし、胸でっかい」

「スバルちゃん可愛い……おにいちゃんって呼んでくれないかなあ」

「馬鹿野郎、シシリアさん一択だろ！　見ろあのボリューミーなおっぱいと尻《しり》を！」

阿呆《あほう》どもが騒いでいる中、アンドレアは剣を構えて大きく深呼吸した。相対するシノヅキを見据えて、一礼する。

「よろしく頼む」

「おう！　怪我《けが》させせん様に気を付けるが、まあ、そうなったら勘弁じゃ」

とシノヅキはぱんと手の平に拳《こぶし》を打ち付けた。アンドレアは眉《まゆ》をひそめた。

「舐《な》めるな……！　行くぞ！」

とんと地面を蹴《け》ってシノヅキに近づく。アンドレアは大柄だが、足腰をしっかり鍛えているから瞬発力に秀でている。クランでは専ら大盾を持ってタンク役を務め、フットワークの軽さゆえに、縦横に味方の盾になる事ができるのが強みだ。

その俊敏性を攻撃に活《い》かす。恵まれた体躯《たいく》と瞬発力から繰り出される斬撃は強力だ。

普段はタンク役だが、攻撃に転じればメインの火力を張れるほどである。木剣とはいえ、まともに食らえばただでは済むまい。

しかし、シノヅキは素早く身をひねってアンドレアの一撃をかわすと、手刀でアンドレアの手首を打った。物凄《ものすご》い衝撃が指の先まで響いて、アンドレアは思わず剣を取り落とす。

「うぐあっ⁉」

「おっ、強すぎたか？　すまんすまん」

とシノヅキは笑っている。アンドレアは痺《しび》れた右手を見て、信じられないという様にシノヅキを見た。

（今の動き……到底人間技とは思えない……）

シノヅキは手足をぷらぷらさせて顔をしかめている。

「いやはや、このおててにはあまり慣れておらんでな。わしの鍛錬も兼ねとるんじゃ、勘弁してくれ」

何を言っているのかわからないが、シノヅキは本気ではないらしい。手を抜く、というレベルですらない様だ。遊んでいると言ってもいいかも知れない。

格が違う。

そう思ったが、アンドレアはにやりと笑っていた。確かに凄《すさ》まじい相手だが、絶対に敵わないとは思えない。本気で食らい付けば、上が見える。レーナルドの首に斬撃が届く。そういう確信めいたものがあった。

何度も手を握って開き、痺れが取れた所で木剣を握り直した。

「もう一本！」

「ええぞええぞ。何本でもやったるわい！」

アンドレアとシノヅキがやり合っている所から少し離れた所で、スバルが「はーい」と手を上げた。

「ボクとやりたい人、だーれだ！」

はいはいはい！　と集まった男どもが手を上げる。

「んじゃ、そこの金髪のおにーさん！」

「おっ、御指名だな。スバルちゃん、よろしく頼むぜ」

そう言って出て来たのは、金髪を短めに整えた剣士である。

彼は元『天壌無窮』のエースで、『蒼の懐剣』においても前衛の要《かなめ》を担っている剣士、ジェフリーである。

「なんか、子どもをいじめるみたいで気が引けるけどな……ま、油断はしないで行きましょうかねっと……！」

とジェフリーは剣を構えて、ジッとスバルを見据えた。

スバルは頭の後ろで手を組んで、ジェフリーを見返している。

「……あれー？　来ないの？」

「俺は大人なんでね。先手は譲ってやるよ」

とは言うものの、ジェフリーは相手に攻め込ませてカウンターを打ち込むのを得意とするタイプの剣士だ。スバルが先に動いた方が、ジェフリーも動きやすいのである。

スバルは「ふーん」と言うと、かかとで地面をとんとんと蹴った。

「んじゃ、行っくよー」

まるで足の下で火が燃えた様だった。実際に燃えたのかも知れない。ともかく、それだけ素早い動きでスバルはジェフリーに肉薄した。そうしてジェフリーが防御の為に剣を動かす前に、かこっと顎《あご》を蹴り飛ばした。

脳が揺れ、ジェフリーは白目を剥いてひっくり返る。見ていた連中がざわついた。

「え……な、なにが起きたんだ？」

「ジェフリー？　マジかよ……」

困惑しているメンバーを前に、スバルはにやにや笑った。

「へー、大人の癖によっわーい。ボクみたいな子どもに負けちゃうんだー。やーい、よわよわ、ざこざーこ♪　にししっ♪」

「お、おのれえいっ！　皆！　ジェフリーの仇を討つぞ！」

「大人の怖さをわからしてやる！」

いきり立った馬鹿の集団が次々とかかるが、スバルはけらけら笑いながら返り討ちにしてしまう。

やがてスザンナが前に立った。

「次はわたしだね！　スバルちゃん、お手柔らかに！」

「はーい。誰が来ても一緒だけどねー」

と笑うスバルに、スザンナは一気に肉薄した。両手に持った木剣を素早く振り抜く。スバルは飛ぶ様な動きでそれをかいくぐった。

「……おねえさん、やるね！　今までで一番すごかった！」

「えへへ、速さには自信があるんだよ！　まだまだ！」

と言って打ちかかる。スバルは感心した様な顔でそれをかわしていく。スザンナの顔に焦りが出て来た。

「くっ……全然当たんない……！」

「よいしょっと」

ぱっと足を払われた。スザンナは慌てて体勢を整えようとするが、その前にスバルの蹴りが腕を打ち、剣を取り落とす。

「おねえさん、凄《すご》いよ！　もっと練習したらボクに追い付けるかもよ！」

「スバルちゃん、速すぎ……うー、もっと頑張らないと……！　もう一回！」

とスザンナは発奮して立ち上がった。

一方その頃、また少し離れた所では魔法職の者たちが集められていた。

「はぁい、魔法使いや後衛のみんなはこっちに集まってねぇ。お姉さんが手取り足取り訓練してあげるわぁ」

とシシリアが嬉《うれ》しそうに手招きする。後衛たちと、一部前衛の者とが集まった。その多くは鼻の下を伸ばしている。

「それじゃあねぇ、お姉さんに一番強い魔法を撃ってみてくれるかしらぁ？」

「えっ、でも、それは危険ではありませんか？」

と真面目《まじめ》な顔をしたジャンが言う。シシリアは微笑《ほほえ》みながらジャンの肩に手を置いた。手つきが怪しく、ジャンは思わず身震いし、頬《ほお》を赤らめた。

「ふふっ、かーわいい。心配してくれるのねぇ……お名前は？」

「ジャンと申します。魔法のせいで成長が止まっておりますが、歳《とし》は重ねておりますのでご安心を」

「ジャン君ねえ。お姉さん、優しい子はとっても好きよぉ。だけど、大丈夫だから、やってみてねぇ。お姉さんの服の端でも傷がつけられた子には、とっておきのごほうび、あげちゃおっかなー」

と言って、シシリアは胸を強調する様に腕で挟み、前かがみになる。うおおお、と男どもから歓声が上がった。女たちは何となく呆《あき》れた顔をしている。

ジャンは真面目な顔をしたまま前に出た。

「では、本当に手加減なしで行かせてもらいます」

「どうぞぉ」

ジャンは杖《つえ》を構え、詠唱した。魔力が渦を巻き、杖を通して現象へと変換される。通常の攻撃魔法よりもより高度かつ高威力の大魔法だ。

「煉獄炎《フエーゲフオイヤー》！」

巨大な火球が飛び、シシリアを包み込んだ。メンバーたちがざわめく。

「シシリアさーん！」

「お、おい、流石《さすが》にやりすぎなんじゃ……」

「ジャン、お前、いくらなんでもひどいぞ！」

「……〝白の魔女〟の仲間ですよ？　大魔法とはいえ、僕程度の魔法では……」

果たして炎が止《や》むと、そこにはシシリアが立っている。相変わらずにこにこしていて、髪の先、服の端すら焦げていない。

「うふふ、とっても熱いわぁ。でも、まだ足りないわねえ」

ジャンは苦笑いを浮かべた。

「流石です。あれで無傷では、僕も立つ瀬がない……」

「ううん、とってもいい素質よジャン君。でもね、もっと魔力の練り方を工夫した方がいいの。ほら、こうやって……」

「ちょ！」

そっと後ろから抱きかかえる様なポーズで腕を取るシシリアに、ジャンは身じろぎして抵抗した。顔は真《ま》っ赤《か》である。初心な男なのだ。しかし、見た目は色気のある年上の女が幼い少年をたぶらかしている様にしか見えない。ちょっと危ない。

他の魔法使いたちが騒ぎ出した。

「ジャンだけずりぃぞコラ！」

「合法おねショタは後にしろや！　次は俺の番！」

「シシリアさん！　服の端、焦がしてみせますから！」

「うふふ、いいわよぉ。あつーいの、ちょうだぁい？」

○

一方その頃、トーリは完成した鶏小屋で駆け回るヒヨコを見て、表情を緩ましていた。ユーフェミアが仕事に行く前に町に連れて行ってもらい、食材と合わせて鶏やアヒルの雛《ひな》を買って来たのである。

「ほーれほれ、ちちち。あー、可愛《かわい》い……」

黄色くて小さくてふわふわしたヒヨコが、土の上を行ったり来たりしている。いずれ大きくなったら卵を採り、最後は肉になる運命だが、この頃《ころ》はとても可愛いので、そんな事は考えないでおく。

トーリは野菜屑《くず》や屑麦をまいてやり、水入れに綺麗《きれい》な水をたっぷり注いでおいた。鶏の雛は水をついばむだけだが、アヒルの雛はそこに入ってぷかぷか浮いている。

「卵と肉が採れる様になったら、毎食楽になるなあ」

畑の野菜の苗もすくすく育っている。魔界の植物が異様に元気なのが嫌な予感をひしひしとさせるが、薬の原料になるそうで、勝手に抜くのも悪いからそのままにしている。

大悪魔レーナルドは、アンドレアの親の仇《かたき》だから、彼に倒させてやってくれ、などと変なお願いをユーフェミアにしてしまった。

何の力もない自分がそんな事を頼むのはお門違いの様に思われたが、『泥濘《ぬかるみ》の四本角』の頃、アンドレアがそれを目指して日々鍛錬を重ねていた事を知っていたので、それを無下にしたくはなかったのだ。

ユーフェミアはあっさりとそれを受け入れてくれて、珍しく従魔を三人共引き連れて出かけて行った。

他の賞金首を狙《ねら》うのか、それとも全然違う仕事を受けるつもりなのか、それはわからないが、どのみちトーリが手助けできる事も口出しできる事もない。ただいつも通り、家を綺麗にして、食事の支度をして待つばかりだ。

シノヅキが肉肉うるさいから、大きな肉の塊をローストして、大鍋《おおなべ》のソースでことこと煮込む。肉屋で切れ端も安く沢山買って来たから、全部ミンチにして、同じく刻んだレバーと混ぜて型に入れてパテにする。パテは冷やして食えるので、冷蔵魔法庫《フリッジ》に入れておけば何日か食べられる。尤《もっと》も、ほぼ一日でなくなるのが常なのだが。

大食いが四人もいると量も多い。相対的にトーリの食べる量が少なく見えるが、味見などで食べているので、結果的に食事の時間には割と腹が膨れているのである。

暖炉とキッチンストーブを行き来しながら、鍋《なべ》をかき混ぜたり米をバターで炒《いた》めたりしていると、扉が開いてユーフェミアたちが帰って来た。

「ただいま」

「おっ、うまそうなにおい！」

「お腹《なか》すいたー」

「はー、疲れちゃったぁ」

「おう、お帰り。お疲れさん」

台所に入って来たユーフェミアがトーリの手元を覗《のぞ》き込む。

「あ、お米炒めてる。あのチーズの味のお米？」

「リゾットな。まだ炊き上がらんから先に風呂《ふろ》入っちまえ」

「トーリ、一緒に入ろ」

「やだよ。そしたら誰《だれ》が晩飯を作るんだよ。おい、あんたら、誰かユーフェと風呂入れ」

「えー、お腹すいたよー！」

「そうじゃそうじゃ！　行水よりもまず飯じゃ！」

「駄目だって、あんたらめちゃくちゃ汗かいてるじゃねーか」

シノヅキもスバルも汗を沢山かいて、服が濡《ぬ》れて色がまだらに変わっている。夏が近いとはいえ珍しい事もある。本来の姿であれば汗なぞほとんどかかない筈《はず》なのだが。

スバルは肌に引っ付いていた服を引っ張って、目をぱちくりさせた。

「そっか、なんかべたべたするのそのせいだ」

「妙に気持ち悪いと思うとったが。やれやれ、人間の体は面倒じゃな」

「でしょ？　ほら、入って来いって。ユーフェ、お前もだよ」

三人を風呂場《ふろば》に追い込んで、トーリはやれやれと頭を振った。

（人間の姿でずっと何かしてたんかな？）

まあ、どっちでもいいや、とトーリは木べらで米を混ぜた。

食卓に一人腰かけたシシリアが、にこにこしながらトーリを見ている。

「……シシリアさん、入らなくていいの？」

「あら、流石に四人入れるくらい広くないでしょぉ？　後でゆーっくり入るわぁ。トーリちゃん、まだ入ってないんでしょ？　後で一緒に入るぅ？」

「ははは、嫌に決まってんだろ寝言抜かすな」

「もー、段々対応が雑になってるわよぉ。お姉さん悲しいわぁ」

とシシリアはわざとらしく拗《す》ねて体をくねらせた。トーリは相手にせず、肩をすくめて調理台に向き直る。シシリアに真面目《まじめ》に対応すると隙に付け込まれるので、雑に突っぱねるくらいが丁度いいと、これまでの生活でトーリは悟っていた。

入る時は渋る癖に、いざ入ると風呂場の中からはきゃあきゃあと楽し気な声が響いている。シシリアが香り付きの石鹸《せっけん》やシャンプーを調合したから、いいにおいがする。いつも素直に入ってくれりゃいいのに、とトーリは嘆息しながら、リゾットの鍋にスープを注いだ。

それを眺めながら、思い出した様にシシリアが口を開く。

「ジャン君、ってトーリちゃんの昔の仲間よねえ?」

「え? なんで知ってんの?」

「ちょっと会ったのよぉ。あの子、いいセンスしてるわねえ。目標があるとか言ってたけど、何を目指してるのぉ? 可愛いお嫁さんが欲しいんだったら、お姉さん立候補しちゃおっかなぁ」

「ははは、ないない」

「トーリちゃん、それどっちの意味なのぉ?」

「どっちもだよ。というかジャンは真面目だからなあ。シシリアさんの毒牙《どくが》にかけられるのは可哀《かわい》想《そう》すぎるわ」

「ひどいわぁ、毒牙なんて」

「わかってやってる癖に白々しいな。ジャンをあんましからかわないでよ? あいつはお師匠さんとの約束を守って頑張ってるんだから」

「約束ぅ?」

とシシリアが首を傾《かし》げる。トーリはリゾットを炊き上げてバターとチーズをふりかけた。

「そう。お師匠さんと二人で、何か難しい魔法を開発してたんだと。何だっけな、日輪の宝玉っていうのを手に入れる時に、モンスターにお師匠さんが殺されて……あと月輪の宝玉っていうのがどうしても必要なんだってさ。だからそれが眠ってるダンジョンに行きたがってるんだよ。ただ超難易度が高いらしくて、だから強いクランから離れられないんだろうなあ」

「ふぅん……」

シシリアは目を細めた。面白がっている様な顔である。

その時、風呂場からユーフェミアたちが出て来た。いいにおいの湯気をほこほこと漂わせている。

「ご飯」

「はー、さっぱりしたぞ！　飯じゃ、飯！」

「あったまったらもっとお腹すいたよー！」

「おう、丁度できたトコだ。でもまず服を着ような、君たち」

○

台所で洗い物をするトーリの後ろ姿を見ながら、ユーフェミアはぽふんとソファに横になった。たっぷりと夕飯を食べたからもう眠い。この食後のまどろみがユーフェミアは好きだった。少し痺《しび》れた様な頭でトーリを見ていると、彼がここにいるのが無性に嬉しくなるのだった。

シノヅキとスバルは最近覚えたというカードゲームを挟んで向き合っている。シシリアは風呂に入って水音をさしている。彼女は長風呂《ぶろ》だ。こんな風にこの家で夜を過ごすのも慣れて来たけれど、思い起こせば大きく変わったものだと思う。トーリが来るまでは、使い魔たちは仕事が終わると家に入らずさっさと帰ってしまっていた。孤独な食卓と孤独な夜ばかり続いていたのが、今ではこんなに賑《にぎ》やかで楽しい。

スザンナを助けた事をトーリはとても喜んでいた。ぎゅっと抱きしめて撫《な》でてくれさえした。

「……ふふ」

ユーフェミアはクッションを抱く様にしてうつ伏せになった。何となく体がむずむずするから、クッションに顔を擦り付けて紛らわす。楽しくて、嬉《うれ》しくて、幸せだ。

今は『蒼の懐剣』を手助けしている。アンドレアとジャンの目標にも手を貸してやれば、トーリはきっと喜んでくれるに違いない。

アンドレアがレーナルドを仇として追っている事はわかったが、ジャンの目標がイマイチわからない。師匠との約束で何か魔法を完成させようとしている、というのはトーリから聞いた。その為《ため》にアーティファクトが必要だとも。

何のアーティファクトなのかなあ、とユーフェミアは目を閉じた。

ぼんやりとまどろんでいると、ほこほこと湯気を漂わしたシシリアがやって来た。湯上がりの彼女は普段にも増して色っぽい。ソファの空いた所に腰を下ろしたからソファが沈んで、ユーフェミアの体勢が傾いた。

「にゃ」

「ねえユーフェちゃん。今度七尖塔《せんとう》に行きましょうよ」

「なんで？」

急にそんな事を言うから、ユーフェミアは目をぱちくりさせた。シシリアの方からそんな事を言うなど珍しい。シシリアは濡れた髪をタオルで拭《ふ》きながら言った。

「ジャン君の事なんだけどねぇ」

「うん」

「トーリちゃんから聞いたんだけど、月輪の宝玉が欲しいんですって。あれ、確か今は七尖塔にあった筈よねぇ？」

「確かそう。前の持ち主が武器の触媒に使ってたけど、七尖塔の探索中に死んだって」

「そうそう、それ。ね、いいでしょぉ？　ジャン君ってとっても可愛《かわい》いんだものぉ、手助けしてあげたくなっちゃうのよぉ」

　とシシリアはにまにましながら言う。

　ユーフェミアはもそもそと身じろぎして、シシリアの太ももに頭を乗せた。いい膝枕《ひざまくら》だ。肉付きがいいから柔らかくて心地よい。

「……じゃあ、そうしよ。『蒼の懐剣』が強くなったら、実戦の為に行く。一石二鳥」

「そうね、それがいいわぁ。うふふ、楽しみになって来たわねぇ」

　シシリアはくすくす笑いながら、ユーフェミアの頭を撫でた。

　ジャンの欲しがっているアーティファクトは月輪の宝玉だったのか、とユーフェミアは思った。これで首尾よく手に入れれば、ジャンの目標も叶《かな》う事になる。そうなればまたトーリは喜んでくれるだろうか。

「シシリアさん、そんな恰好《かっこう》じゃ湯冷めするぞ」

　洗い物を終えたトーリが手を拭き拭きやって来た。シシリアは両腕を広げた。

「それじゃあトーリちゃんがあったためてくれるぅ？」

「やなこった。服着ろ、服」

「もう、素っ気ないんだからぁ」

「ほれ、ユーフェ。お前も寝るならちゃんとベッドに行きな。ソファだと変な体勢になるぞ」

ユーフェミアはトーリに向かって腕を伸ばした。

「連れてって」

「……ったく」

トーリはふうと嘆息しながらも、ユーフェミアを抱き上げる様に立たしてやった。シシリアがむうと口を尖らす。

「扱いが全然違うじゃないのぉー。お姉さんにももっと優しくしてよぉ」

「やだよ。あんた相手に隙は見せねえからな、俺は。ユーフェ、ちゃんと立てよ、お前は」

「……えへ」

ユーフェミアは勝ち誇った様にトーリの腕に抱き付いた。

10. 鍛錬

アンドレアの鋭い剣筋がシノヅキへと向かう。木剣でありながら鉄さえも斬り裂きそうな勢いだ。

「ははっ、やるのう！」

しかしシノヅキは小さな動きで身をかわし、アンドレアの腕を取り、肩を押さえて、そのままぽんと空中に放り出した。アンドレアは自身の勢いも相まって、物凄《ものすご》い勢いで回転し、落っこちた。

「うぐっ……」

何とか受け身は取ったが三半規管に甚大なるダメージを被ったと見え、ふらついている。

「おお、平気か？　吐くのか？」

とシノヅキが背中をさすってやった。アンドレアは苦笑して顔を上げる。

「あんたには中々追い付けないな」

「そりゃそうじゃ、なんせわしはフェ——じゃなくて、めっちゃ強い戦士じゃからな！　じゃが、おぬしもかなりよくなったぞ！　なぁに、わしに勝てんのを恥じる事はない、そもそも勝てる奴《やつ》なぞいないのじゃからな！　わははは！」

アンドレアはどかっと地面に腰を下ろし、大きく息をついた。

「……トーリは、〝白の魔女〟の所にいるんだろう？　何をしているんだ？」

「掃除洗濯飯づくり、じゃ。最近は畑や鳥の世話も始めておるな」

同じ事をしているのか、とアンドレアは小さく笑った。自分たちが不要だと判断したものを、〝白の魔女〟は重要視している。一流との違いはそこだったのだろうか、などと思う。

だが、その〝白の魔女〟が魔窟《まくつ》の管理云々と言っていた様な気がする。

「なあ、トーリは魔窟を管理しているとか聞いたが……」

「魔窟？　ああ、確かにありゃ魔の巣窟《そうくつ》じゃったなあ。わしらじゃ入るのも恐ろしゅうて嫌じゃったが、トーリはちっとも物怖《ものお》じせんでな、すっかり片を付けてくれよったわ。今はすっかり心地よい空間になっておるわい。飯づくりも上手《うま》いし、大した男じゃのう、あいつは」

わはははと笑うシノヅキを見て、アンドレアは嘆息した。自分たちが役立たずと判断した男は、自分が敵わない相手がこうして褒め称《たた》えるほどの男だった。自分の見る目のなさが情けなくなる様だ。

だが、その縁故でこうして自分も鍛えてもらっている。自分たちはトーリにひどい仕打ちをしたのに、こうやって助けてもらっている。

敵討ちを成し遂げたら、トーリに会って一言謝りたい。アンドレアの目標がまた一つ増えた。

とにかく実戦形式のぶつかり稽古《げいこ》ばかりだったが、それでも二週間毎日、朝から晩までやっていればかなり違う。

〝白の魔女〟の前ゆえに霞《かす》んでしまう『蒼の懐剣』だが、その面子は誰《だれ》もが白金級《プラチナ》の実力者ばかりなのだ。格上の胸を借りて試行錯誤し続ければ、上達するのも早い。現に、その場で戦っている者たちの動きは格段によくなっていた。

座って訓練の様子を見ていた〝白の魔女〞が、ぐんと立ち上がった。

『それまで』

訓練場いっぱいに声が響いた。銘々に動いていた連中は一斉に動きを止める。何事かと緊張気味に〝白の魔女〞の方を見る。

『この二週間でうぬらも中々実力がついた。ついては仕上げの実戦として本日はこれより七尖塔の探索を行う』

『蒼の懐剣』のメンバーはギョッとした様に顔を見合わせた。

七尖塔は辺境の奥にあり、その名の通り七つの鋭い塔が立っている古代都市である。強力なモンスターの巣窟となっており、しかし古代都市であるがゆえに、希少なアーティファクトも多数眠っていると言われている。アズラクの冒険者が憧《あこが》れる高難易度ダンジョンだ。

ざわめくメンバーの中で、ジャンは真剣な表情をしていた。スザンナが歩み寄る。

「ジャン……七尖塔って……」

「……ええ。月輪の宝玉の眠るダンジョンです」

ジャンは師匠と作っていた魔法を完成させるため、月輪の宝玉を必要としていた。

しかし七尖塔は白金級《プラチナ》のクランであってもおいそれとは手の出せないダンジョンだ。アズラクでも最高のクランである『蒼の懐剣』であっても、慎重にならざるを得ない。

しかし、〝白の魔女〞とその仲間が一緒ならば、攻略も現実味を帯びて来る。

(師匠……)

師と共に何度も危険な実験を繰り返して、魔法は完成に近づいていた。それゆえにジャンの体の成長も止まってしまったが、おかげで術式自体は構築し終え、最後に強力な触媒を使用すれば完成する予定であった。

その触媒が日輪の宝玉と月輪の宝玉である。日輪の宝玉はジャンの師が命と引き換えに手に入れて来たが、月輪の宝玉はまだ手に入っていない。

それが手に入りさえすれば、とジャンは杖《つえ》を握る手に力を込めた。

「しかし、今からか？　七尖塔自体もそうだが、そこに行くまでも時間がかかる。相応の準備が必要だと思うが」

とアンドレアが言った。

『心配は要らぬ。諸々《もろもろ》の準備は我が整えた。食料、魔法薬は十分にある。七尖塔までは転移魔法で飛ぶ。うぬらは探索に集中すればよい』

マジかよ、と『蒼の懐剣』のメンバーはざわめいて顔を見合わせた。〝白の魔女〟は腕組みして続ける。

『現在は十の刻。装備を整え、休息を取り、十三の刻にこの場に集合せよ。遅れた者は置いて行く。では一旦《いったん》解散とする』

そう言って〝白の魔女〟は仲間の三人を連れて転移魔法で姿を消した。

一気に場が慌ただしくなった。銘々に装備を整えようと、家や拠点に駆け足で戻って行く。遅れて置いて行かれては事だ、と誰も必死だ。

アンドレアはジャンの肩を叩《たた》いた。

「正念場だな」

「はい……不思議な巡り合わせですね」

とジャンは小さく笑った。

「馬鹿げた話ですが……なぜかトーリ君のおかげの様な気がするんです。根拠はないんですが」

「わかる！　わたしもそんな感じするよ！」

とスザンナも首肯する。アンドレアはふっと笑った。

「全部片付いたら、あいつに会わせてもらおうな」

「ええ。必ず」

「ね。面と向かって謝って、お礼もちゃんと言いたいもん」

三人は笑い合って、手に持った武器をこつんと合わせた。

○

一方その頃、すくすくと育っていく鶏《とり》やアヒルの雛《ひな》を見て、トーリは満足していた。

最近は昼間に外に出し、雑草や虫を食わせている。そうして夜は襲われない様に小屋に戻すのだ。

トーリが来ると餌がもらえると覚えたらしく、夕方にトーリが小屋に行くと、その後をついて来て餌の催促をする様にぴいぴいと鳴いて足元を走り回る。それがとても可愛《かわい》い。

最初は外に出るのもおっかなびっくりという風だったヒヨコたちも、今では勝手知ったるとばかりに庭先で色々とついばんでいる。

太陽が次第に夏のものに近づいている。畑に植えた夏野菜もすっかり根付いて葉を伸ばしている。今まで草むらだった所を拓いたせいで、虫も旺盛《おうせい》に野菜に食いつくので、トーリは毎日虫を取ったり水をまいたりしている。ヒヨコたちは虫も食べるが、小さな苗もついばむので、その辺りはきちんと見ておかねばならない。

そんな風に畑仕事をしながらヒヨコを見て和んでいた所に、急にユーフェミアたちが戻って来て「ご飯。早く」と言ったから、トーリは大慌てで家の中に駆け戻った。野菜を刻みながら肩越しに怒鳴る。

「お前らさあ、昼に戻るんなら朝にそう言っといてよ！　全然準備できてないっつーの！」

「トーリなら何とかできる。頑張って」

「トーリなら何とかなるじゃろ。頑張れ」

「トーリおにいちゃんなら平気！　ふぁいと！」

「トーリちゃんなら大丈夫よぉ。頑張ってぇ」

「貴様らぁ……」

悪態をつきながらもトーリは刻んだ野菜を炒《いた》め、スープストックと肉団子を加えて煮込み、夜用にと思って準備していた生地を切って麺《めん》にして茹《ゆ》で上《あ》げる。茹で上がった大量の麺にとろみのついたソースをたっぷりかけて、上からチーズを削る。

「はいよ！　簡単だけど！」

「わーい」

簡単だろうが何だろうが、うまい事に変わりはないらしく、四人はうまそうにぱくついている。

無茶振りされてもできてしまうから、こいつらも無茶振りして来るんじゃなかろうか、と思ったが、できてしまう以上止《や》むを得まい。

これも因果か、とトーリはやれやれと頭を振った。

（……そういや、シノさんたち、魔界に帰らなくていいのかな）

シノヅキたちは、魔界でも実力者に数えられる連中らしく、何のかんのと魔界でも雑務があると聞いていた。現にそれで前に一度帰っている。しかし最近は毎日仕事に出っぱなしで、魔界に帰る気配がない。

「シノさんたち、魔界の方は平気なの？　雑務があるとかなんとか」

トーリが言うと、シノヅキが「むぐ」と言って、口の中のものをコップの水で飲み下した。

「ふはっ。おう、平気じゃ。前みたく用事もなしにここにいるのはちと体裁が悪いが、契約者であるユーフェと共に仕事をしている限り、地上を優先して構わんからのう」

そういう事らしい。召喚契約の条件だのが色々あるのだろう。

昼食を腹に収めた四人は、そそくさと出かける準備を始めた。

「妙に急いでるけど、また行くのか？」

「うん。ちょっとダンジョン探索。だから今日の夜は帰って来ないかも」

「あ、そう」

それならそれで構わない。夜の分の生地を使ってしまったのでどうしようかと思っていたが、ユーフェミアたちがいないならばわざわざ用意する必要もない。しかし予想外に現れる可能性もあるので、一応支度だけはしておこう、とトーリは思った。

最近は四人共毎日出かけて行く。

何をしているのかは別に聞いていないが、忙しそうだから何か大きな仕事に取り掛かっているのかも知れない。それでもトーリはいつも通りに家を掃除し、薪《まき》を割って風呂《ふろ》を沸かし、大量の食事を準備するだけなのだが。

慌ただしく出て行った四人を見送って、トーリは手早く片づけをした。

いつもの事ながら料理がほとんど余らないので片づけは大変楽である。食器を洗い、調理器具を洗い、伏せて乾かしておく。

午前中に干しておいた洗濯物がもう乾いているから取り込んで畳む。家ではいつも薄着か裸なので実感がなかったが、ユーフェミアは意外に衣装持ちで、洗濯物は結構多い。仕事の時は〝白の魔女〟と化すのだが、出かけて行くのに着る服はいつも違う。

元が人間体のシシリアも、どの服も露出が多いというのを除けばバリエーション豊かな服を持っていたし、シノヅキやスバルも人間の姿に慣れるにつれ、服を着替えてお洒落するのが楽しくなり出したらしく、最近は二人の服も増えて来ていた。

一方のトーリはほぼ一張羅のシャツの袖《そで》をまくり、エプロンをつけ、頭にはタオルを巻く、というのがほぼユニフォームと化していた。作業着が一番動きやすく、効率がいいので、お洒落なぞ興味がない。

それよりも畑だ！　とトーリは草取りを再開するべく外へ飛び出した。

○

七尖塔《せんとう》は高さに違いはあるものの、そのすべてが天を衝く槍《やり》の如く尖《とが》って屹立《きつりつ》していた。

その足元には廃墟《はいきょ》の様な灰色の都市が広がっている。空には暗雲が立ち込め、それが地鳴りの様な低い音を立てながら都市の上で大きく渦を巻いている様に見えた。この雲は都市にかかって以来晴れた事がない。

動くものは見えない。ただの死んだ都市と言ってしまえばそれだけなのだが、強者《つわもの》の感覚を以てしても身震いさせるだけの奇妙な気配がそこには満ち満ちていた。

〝白の魔女〟の転移魔法によって移動して来た『蒼の懐剣』の面々は、その圧倒される気配に息を呑《の》んでいた。強力なモンスターと日々向き合い、命のやりとりに慣れた彼らをして思わず身をすくませるだけのものがあった。

『第四塔を目指す』

と〝白の魔女〟が言って、一本の塔を杖で指し示した。

『あの塔は魔力場が不安定で、不規則にアストラルゲートが開閉する。ゆえに魔界のモンスターが現れ、住処《すみか》としているのだ。そのモンスターを討伐する事を目標とする』

アンドレアが口を開いた。

「……どの様な作戦で行く？」

『我が前に出てはすべて解決してしまう。ゆえに我は一歩引いてうぬらの援護に徹する』

「わしらもそうするつもりじゃ。安心せい！　やばそうなら助けに入ってやるからのう！」

「訓練の成果を見せてよね、おにいちゃんたち！」

「期待してるわよぉ、うふふ」

美女からの激励で発奮しているわかりやすい連中もいるが、やはり緊張気味に廃都市の方を見ている者もいる。

「アンドレア、どうする？」

とスザンナが言った。アンドレアはふうと息をついて顔を上げた。

「下手《へた》に工夫しても混乱するだろうし、いつもの様に班を分けよう。互いの死角を補完できる様動く。いいな？」

「了解っと、んじゃ、二班、俺んトコ集まれー」

と剣士ジェフリーがメンバーを集める。

『蒼の懐剣』は前衛中心の班が二つ、後衛中心の班が一つで、それぞれ臨機応変に動きながら戦う。後衛班を挟む様な陣形を取る事もあれば、後衛を下げて援護させつつ、前衛班二つで前に押す事もある。この柔軟性と、メンバーそれぞれの高い実力が、『蒼の懐剣』の持ち味なのだ。

そうして陣形を整えた『蒼の懐剣』は、恐る恐るという様に都市へと踏み込んだ。前衛班にそれぞれシノヅキとスバル、後衛班にシシリアが付き、〝白の魔女〟は殿《しんがり》にいる。

遠目に見ていた時から感じていた気配が、踏み込んだ途端に濃くなった様に思われた。じりじりと周囲から押して来る様な視線があり、また魔力の気配も濃い。肌にぴりぴりと刺して来る様だ。メンバーは誰《だれ》もが冷や汗をかいたが、〝白の魔女〟とその仲間たちは平然としていた。

都市内部は灰色で、生き物の気配はなかった。しかし建物は崩れたりはしていなかった。まるで時間が止まった様に静まり返り、生き物だけが綺麗《きれい》さっぱり消えてしまった様な雰囲気だ。それが却って不気味で、一足ごとに奇妙な違和感を覚えるくらいだった。

所々から、大きな青い水晶が飛び出していた。何かしらの魔力の作用なのか、水晶はそれ自体が淡く光を放って明滅していた。その光が都市全体を淡く照らしており、日が差さないにもかかわらず、歩くのに支障がないくらいの明るさが保たれていた。

ジャンが呟《つぶや》いた。

「……奇妙な所ですね」

「ああ。モンスターの姿もないが、ずっと嫌な感じがする」

とメンバーが相槌《あいづち》を打つ。隣を歩いていたシシリアがくすくす笑う。

「そりゃそうよぉ、ずーっと見られてるものねぇ」

後衛班のメンバーはギョッとした様に辺りを見回す。

「ど、どこから?」

「あちこちから。うふふ、お姉さん、見られるのは嫌いじゃないけどねぇ」

と言ってシシリアはなぜか扇情的なポーズを取る。うおおっ、と盛り上がる連中を傍目に、ジャンが口を開いた。

「シシリアさん、月輪の宝玉というアーティファクトをご存知ですか？」

「ええ、知ってるわよぉ」

月輪の宝玉は、かつて魔界の宝石工が研磨したと言われるアーティファクトだ。

名の如《ごと》く、透明な石の中で月輪の如き輪っかがきらめいており、角度を変えても常に同じ様に見える。そうして月の光の様に淡い青い光を放っているのである。対になっている日輪の宝玉が力強い赤い光を放つのと対照的だ。

どちらも強力な魔力を宿しており、武器の装飾、魔道具の核など、歴史の中で様々に形を変えながら姿を現している。

現在は所持していた過去の冒険者がこの七尖塔で死に、それ以来ここに放置されていると言われていた。

「お姉さん、昔ちょーっとだけ見た事あるわぁ。中々綺麗な宝石だったわねえ」

「昔……？　シシリアさん、おいくつで……」

と言いかけたジャンの口に、シシリアの指が当てられた。

「うふふ、女に歳《とし》を聞くのはマナー違反よぉ、ジャンくぅん？」

「し、失礼しました」

ジャンは頭を掻いた。自分も魔法の影響で少年のままだ。シシリアも同じ様なものだろう、と理解した。まさかアークリッチだなどとは思ってもいない。

シシリアは面白そうな顔をしながらジャンを見た。

「でも、その月輪の宝玉で何をしたいのぉ？」

「ええと……僕は師匠と一緒に魔法を一つ開発していたんです。その余波でこうやって成長も止まってしまったんですが……」

「あら、そういえばトーリちゃんがそんな事言ってたわねぇ」

その言葉にジャンは驚いて顔を上げた。

「トーリ君が？」

「ええ。ジャンはお師匠様との約束を守って頑張ってるんだから、からかうんじゃない！　ってお姉さん説教されちゃったわぁ。最近扱いが雑なのよねぇ」

とシシリアはわざとらしく拗《す》ねた様な顔をする。ジャンは思わず笑ってしまった。

（トーリ君が……やっぱり彼の縁故でここに来る事ができているのかも知れないな……というかトーリ君、シシリアさんを怒れるのか……凄《すご》いな）

『蒼の懐剣』の魔法使いたちは全員が一流どころだが、それでもシシリアの魔法防御壁を突破する事はついにできなかった。魔法を生業《なりわい》とする者ならばその規格外さが理解できる。そのシシリアに説教するなぞ想像もつかない。しかしトーリはそれができるという。

やっぱり凄い人だったんだな、とジャンは肩をすくめた。

「それで、どういう魔法を作ってるのぉ?」

とシシリアが言った。ジャンは口ごもったが、やがて喋《しゃべ》り出した。

「一種の天候操作の魔法です。僕と師匠の故郷はプデモットという国なのですが、過去にモンスターとの戦いで魔力場が狂ってしまって……そのせいで降雨量が極端に減ってしまい、慢性的に旱魃《かんばつ》が続いている状態なんです。ですから土地がすっかり瘦《や》せてしまいまして」

「ふぅん。それで食糧不足になってるのねえ」

「はい。単に雨を降らせるだけならば大魔法でもいいですが……一度に大量に降らせても大水になって流れてしまうばかりで、却って環境を悪くするとわかりまして。だから疑似的にでも、きちんとした天候が戻る様に術式を整えて……それを維持する為《ため》の触媒として、日輪の宝玉と月輪の宝玉がどうしても必要なんです」

地域丸々一つの天候を管理するとなると、必要になる魔力量も膨大である。日輪月輪の宝玉は、それをまかなえるだけの魔力量を持ち、さらに二つを揃える事で半永久的に魔力を産出するとも伝えられていた。

シシリアはくすくすと頷《うなず》いてジャンの頭を撫《な》でた。

「本当に真面目《まじめ》な理由なのねえ。偉いわぁ、よしよぉし」

「あ、あの、僕もう三十近いのですが……」

「あらー、若いわねぇ」

とシシリアは笑っている。本当に何歳なんだろう、とジャンは思ったが、口には出さなかった。

その時、建物の陰で何かが動いた。水晶が人間の形をした様なものが出て来た。顔にあたる部分に目の様な光が灯《とも》っている。モンスターだ。

「来たか！　戦闘陣形！」

『蒼の懐剣』はたちまち陣形を整えてモンスターと向かい合う。その戦闘を皮切りに、周囲の建物から続々とモンスターが姿を現し始めた。

「行くぞ！　訓練の成果を見せる時だ！」

「応！」

冒険者たちは武器を振り上げ、モンスターにかかって行った。

○

一方その頃、トーリは庭先の畑で魔界の植物と向き合っていた。急成長したこの草が急に葉っぱを伸ばして振り回し始めたのである。悠長に草取りをしていたトーリは背中をしたたかに打たれ、顔をしかめて距離を取っていた。

「何なんだよ、こいつは……」

先端に付いた実が顔の様だ。振り回している二枚の長い葉はさながら両腕といった所だろう。葉には細かな棘《とげ》が付いているから、危なっかしくて近づけない。

薬の原料になるとはいえ、こんなものを放置していては色々な事に差し支える。ここからさらに成長するとなれば、洗濯を干すのにも支障が出そうだ。ユーフェミアには悪いが、何とかしなくてはならない。

トーリはひとまず家から自分の剣を持って来たが、さてどう戦ったものか迷う。植物系のモンスターとの戦闘経験はない事はないが、魔界の植物を同じと考えていいものかわからない。

ひとまず葉だけでも切り落とせば沈静化するだろうか、とトーリは剣を構えて前に出た。

びゅんびゅん振るわれている葉っぱに向かって剣を振る。流石《さすが》に剣と葉では勝負にならず、葉の先端が切られて落ちた。何度か剣を打ち合う様にやり合うと、葉が細かく刻まれてばらばらと落ちる。

「おっ、やれそうだな」

それで自信を付けたトーリは、思い切ってさらに前に出て、葉を一枚、根元から寸断した。落ちた葉は少し動いたが、すぐに静かになる。そのまま二枚目も切り落とし、草はただ茎をくねくねさせるだけになった。

「やれやれ、これでいいかな……」

トーリは落ちた葉を見た。この葉も薬の原料になるのだろうか。だとすればこのまま放っておくのもいけないだろう。

棘が多いので、トーリは皮手袋を手にはめ、葉を家の入り口の脇《わき》に置いておいた。

魔界の植物は相変わらずくねくねしている。踊りでも踊っている様な具合である。何だか愉快な奴《やつ》だな、と妙に可愛《かわい》く見えてしまった。

いつの間にか夕方である。トーリはヒヨコたちを小屋に入れて餌をやった。今夜はユーフェミアたちは帰って来ないとは言っていたものの、そう言って帰って来た事もないわけではないので、一応準備だけはしておこう、とトーリは家に入った。

結局ユーフェミアたちは、その日の夜は宣言通り帰って来ず、久しぶりにのんびりと夜を過ごしたトーリは、朝早く目を覚ました。

ユーフェミアと従魔たちは皆して寝室の巨大なベッドに詰まって眠っているが、トーリは居間に寝床を置いて一人で寝ている。

結局トーリが最初に起きるのであるし、起きてあれこれするのにも一々寝室を出入りして他の連中の安眠を妨げる必要もないだろう、と一緒に寝たがって渋るユーフェミアを説得したのだが、まあ、それは理屈の上での話であって、本当の所はトーリ自身が乙女の柔肌に囲まれて寝る事が嫌だったという事に過ぎない。それも別に柔肌が嫌というわけではなく、その柔肌に欲望が刺激されて間違いを起こす事を恐れるがゆえである。

前に一度、起きて来ないユーフェミアたちに業を煮やし、扉を開けて呼ばわった所、ベッドの上で露出多めの四人がもそもそしているのを見てくらっと来た。以来、トーリは断じて朝の寝室に入ろうとしない。

ともかくそれで起きて、ヒヨコに餌をやろうと外に出ると、畑で魔界の植物が葉を振り回していた。しかも昨日《きのう》より大きくなっている。比較的に近くに植えられていた茄子《なす》の苗が殴られてしょんぼりしていた。

「なんでや……」

トーリはげんなりした。もう切ってしまうかと思ったが、大きさも勢いも増しているし、苦労して切っても復活されては面白くない。やっぱり魔界のものはちょっとよくわからない。畑作業は中断して、ユーフェミアが帰って来るのを待つ事にした。

ヒヨコたちに餌をやり、家に入って掃除を始める。今日は朝から寝室が掃除できる。

脱ぎ捨てられたままの服を集めて、飲み物の空き瓶やお菓子の袋や紙屑《かみくず》をまとめ、床を綺麗に掃き清める。天気もよさそうだし、ベッドの布団も干してしまおうと思う。

葉を振り回す魔界の植物から距離を取って、布団を物干《ものほ》し竿《ざお》にぶら下げた。この草は暴れているのか踊っているのか、イマイチ判然としない。どちらにも見えるが、野菜を殴るのは止めてもらいたいものだ、とトーリがやきもきしていると、庭先に魔法陣が広がって、ユーフェミアたちが帰って来た。巨大な〝白の魔女〟の姿がほどけて、たちまちユーフェミアの姿に戻り、ぽてぽてと駆けて来て、ぶつかる様にトーリに抱き付いた。

「うにゅ」

「お帰り。帰って早速で悪いんだけど、あれ何とかしてくれない？」

「あらあら、随分早く育ったのねえ。元気だわぁ」

とシシリアが言った。

「元気だわぁ、じゃないよ。薬の原料だっけ？　収穫するなら早くして欲しいんだけど」

「これ使わない。切っちゃってよかったのに」

「うそぉ⁉　いやでも、葉っぱ切ったら一日で生えたんだけど⁉」

「茎を切れば枯れるよ。葉っぱ切ったら逆に大きくなる」

先に言えよ、とトーリは肩を落とした。無駄にくたびれた様な気がする。シノヅキが両腕を振り上げてがうがうと騒いだ。

「トーリ！　腹減った、飯じゃ飯！」

「シノさん最近それしか言わねえな……朝飯食ってないのか？」

「ちょうどダンジョン攻略が終わったんだよー。だからそのまま帰って来たの！　お腹《なか》すいたー！」

とスバルも騒いでいる。トーリは肩をすくめた。

「今から支度するからちょっと待って」

引っ付いて来るユーフェミアと一緒に、トーリは家に入った。台所に行ってキッチンストーブに火を移す。

「あー、くそ、生地練ってない……芋と……パンケーキでいいか」

予想以上に帰って来るのが早かったから、ちっとも支度ができていない。トーリは粉と水、砂糖と塩で緩めの生地を作っておき、少しばかり置いておく。その間に鍋《なべ》で玉ねぎ、根菜、豆でスープをこしらえ、フライパンで卵と燻製《くんせい》肉とを焼いた。芋は分厚い鉄鍋《てつなべ》に少しの水と一緒に入れて暖炉に置き、蒸し焼きにする。

さっきからユーフェミアが後ろでちょろちょろしている。

「お前、何か今日は落ち着きないな。何やってんだ？」

「あのね」

「うん」

「ダンジョンに行ったよ」

「それは知ってるよ」

とトーリは焼いた卵と燻製肉を皿にあけた。それからフライパンを綺麗《きれい》にして、生地を流し込み、パンケーキを焼く。

ユーフェミアはそわそわしながら上目使いでトーリを見た。

「七尖塔《せんとう》っていう所」

「ああ……超高難易度って言われてる？」

「うん。『蒼の懐剣』と一緒に行ったの」

「え？」

「でね、月輪の宝玉を手に入れたの。で、ジャンにあげた」

「ちょ、ちょっと待て、話が見えん。どういう事？」

「それでね、ジャンも魔法を完成させられるって。トーリにありがとうって言ってたよ」

「えっ、なんで俺に……？　いや、そもそもなんでお前あいつらとダンジョンアタックしてんの？」

「一緒にレーナルドやっつけよう、って最近一緒に色々やってるから」

「なんだそれ……レーナルド？　大悪魔の？　それってアンドレアの……」

困惑するトーリに、居間の方から「飯はまだかー！」と騒ぐ声がする。

「はいはいはい、ちょっと待ってってば！　うわっ、やばい！」

パンケーキを焼いていたのを思い出して慌てて引き上げ皿に盛る。

ユーフェミアが体を寄せて来た。

「嬉《うれ》しい？」

「え？」

「ジャンの目標が叶《かな》って」

「ああ……」

何だか頭が追い付かないが、どうやらジャンもずっと追い続けていた目標を達する事ができるらしい、という事が何とか理解できた。

「嬉しいよ。ありがとな」

「えへ」

ユーフェミアはぎゅうとトーリに抱き付いた。飯の支度の邪魔、と言いかけて、やめた。

（今回くらいは、いいよな）

トーリはユーフェミアをよしよしと撫でてやった。居間の方が騒がしい。

「おい、飯はまだかー！」

「いいにおいで余計にお腹すくよー、はやくぅー！」

「はいはいはいはい」

トーリはパンケーキにバターと蜂蜜《はちみつ》をかけて、それをユーフェミアに渡した。

「持ってって。俺まだパンケーキ焼くから、暖炉のスープよそって先食ってろ」

「うん」

ユーフェミアは皿を持って、嬉《うれ》し気な足取りで台所から出て行った。

「……よかったなあ」

生地をすくってフライパンに落としながら、トーリは呟《つぶや》いた。素直にそう思えるのが、何だか嬉しかった。

○

プデモット国の荒れた大地に雨が降り注いでいる。

激しく地面を叩《たた》くのではなく、柔らかく地面を潤していく雨だ。

その下で人々が喜び叫んでいる。もう過去数十年の間、まともに雨が降る事はなかった。降る時はバケツをひっくり返した様な雨ばかりで、その度に洪水が起こり、家や畑、人々が流された。

「……師匠、やりましたよ」

その様子を眺めていたジャンは感極まった様に呟いた。

プデモットで生まれ、志半ばでモンスターの牙《きば》に倒れた魔法使いシグネは、プデモットに豊穣《ほうじょう》の雨が降る事を夢見続けていた。弟子であるジャンもこの国の出身であるから、その思いは十分に理解した。長い研究と冒険の末、こうしてプデモットに恵みの雨がもたらされたのである。

ジャンは後ろを見た。設えた魔法装置に二つの宝玉が光っている。複雑な魔術式が幾重にもなった機械には、強い結界が張り巡らされ、宝玉を盗む事はできぬ様になっている。

ここはプデモットの王宮である。

王であるグーチガン四世がジャンに歩み寄って来た。数年前に王位を継いだばかりの若い王で、聡明《そうめい》で知られている。グーチガン四世はジャンの手を取り、頭を下げた。

「ジャン殿。此度の偉業、まことに感謝する。シグネ師もきっと喜ばれている事だろう」

「ええ、僕も師匠の願いを叶《かな》える事ができて嬉しく思います、陛下」

グーチガン四世はぐっとジャンの手を握りしめた。

「どれだけ礼を言っても言い尽くせまい。どうだろう、ジャン殿。このまま国に留まり、顧問魔法使いとして力を尽くしてはくれまいか？　このグーチガン四世の名に懸けて、貴殿に不自由はさせぬと誓おう。我らが国は貧しい。この先も困難が立ちはだかるだろう。どうかプデモットを豊かな国にする手伝いをしてくれ」

ジャンははにかんだ。

「嬉しい申し出です、陛下」

「では、受けてもらえるのだな？」

ジャンは困った様に微笑《ほほえ》み、小さく首を横に振った。

「……僕にはまだやらねばならない事があります。ここまで手助けしてくれた仲間の思いを遂げる手伝いをしなければならないのです。どうかご容赦ください、陛下。しかし、すべてが片付いた時、僕は襟を正してここに参上すると約束します」

「そうか……うむ、相わかった。その時を楽しみに待つとしよう。それまで、この宝玉は我らが総力を上げて守り抜こう」

と王は快活に笑った。ジャンはにっこりと笑い、再び窓の外へと目をやった。

柔らかな雨が降り注いで、乾いた大地にゆっくりと沁《し》み込んで行く。

さながら、プデモットの国土が嬉し涙《なみだ》を流している様であった。

11. 大悪魔討伐戦

無事に魔界の植物が駆逐された畑では夏野菜の苗がすっかり育ち、畑が日に日に賑《にぎ》やかになっていた。花が咲いていたと思ったら小さな実が付き始めて、そうなる頃《ころ》にはすっかり辺りは夏の気配だ。もう分厚い服は着られなくなり、半袖《はんそで》が基本になりつつある。暖炉で料理するのがつらい季節になって来た。それでもトーリは毎日同じ様に料理を作り、掃除をし、洗濯をした。

「ぐあぁあっつ！」

トーリは鍋で薄切りにした芋と玉ねぎを炒《いた》めながら、うめき声を上げた。額から垂れる汗をタオルでぬぐった。料理をするには火を起こさねばならず、火を起こせば勿論《もちろん》熱い。暖房の効果もあるから台所は暑くなる一方である。

ただこれは台所だけの話であって、居間と寝室は心地よい温度に保たれている。ユーフェミアの魔法らしい。ずるいなと思いつつも、そこにいれば勿論涼しいので、トーリも文句は言わない。

ただ、台所だけはその魔法の効果が及んでいない。

「くっそ、体中の水が流れ出しそうだ……」

ぶつぶつ言いながら鍋にスープストックを少し入れて炒め煮状態にし、木べらで芋と玉ねぎを細かくする。芋が崩れるくらいになったら火からおろしてムーランという濾し器で濾す。それを鍋に戻し、牛乳を加えじっくりと温め、塩と胡椒《こしょう》で味付けし、冷蔵魔法庫《フリッジ》で冷やしておく。夕飯用の冷たいスープだ。

こうして見ると、冷蔵魔法庫《フリッジ》の中も賑やかになって来たと思う。前は生鮮品ばかりが場所を取っていたが、今はスープストックやソフリット、野菜の酢漬け、果物のシロップ煮に手作りのジャムなど、料理の下ごしらえをしたものや日持ちのするものなども多くなっている。いずれ別の保存庫も必要になって来るかも知れない。

「ふー……小休止だな」

トーリは冷蔵魔法庫《フリッジ》から先日仕込んでおいた桃のシロップ煮を出す。四角い型で焼いておいた卵のケーキに泡立てたクリームと桃を載せた。仕上げに庭で採れたミントを飾る。町のカフェほどではないが、中々お洒落《しゃれ》なおやつが出来上がった。

ひょいと台所から顔を出して言った。

「おい、おやつ食べるか？」

「食べる」

「食べる！」

「食べるー！」

「食べるわぁ」

四者四様に、いっぺんに返事が返って来た。

七尖塔の第四塔を攻略したユーフェミアと『蒼の懐剣』たちは、一旦《いったん》休息の時間を取る事にしたらしい。ジャンがプデモットへ出かけるという事もあるし、ユーフェミアも怠け欲がマシマシに増して、帰って来てからというもの、寝床とソファと食卓とを行き来するばかりである。

ユーフェミアはソファに腰かけて、分厚い本を広げて読んでいたが、ぽてぽてと食卓にやって来た。いつも読んだ本をあちこちに放置するので、見つける度にトーリが拾って片付けた。

「……お前、なんか羽織れよ」

「暑いもん」

薄手のブラウス一枚のユーフェミアは何でもない顔をして椅子に腰を下ろす。そうしてテーブルに置かれたケーキを見て目を輝かせた。

「おお、桃……」

「なんじゃ、肉じゃないんか」

「あれっ、シノ要らないの？　じゃあボクがもーらおっと」

「誰《だれ》が要らんと言うたか！　取るな阿呆鳥《あほうどり》！」

「トーリちゃん、お茶ちょうだぁい」

「あいよ。紅茶とハーブティー、どっちがいい？」

「んー……ハーブティーかなぁ」

「はいはい」

「トーリ、これおかわりある？」

「ある事はあるが、食った奴《やつ》は夜のデザートがなくなる」

「むむむ、究極の選択……！」

「桃が甘くて冷たくてうまいのう！」

ここでの生活に慣れて、台所の扱いに習熟したトーリは、三度の食事以外にも手を出す様になっていた。お菓子づくりも楽しい。

お茶をすすって、トーリは口を開いた。

「庭に石窯作れないかな？」

「石窯？　どうするの？」

「パンとかケーキとか、もっと大きなのが焼ける様になるし、肉のローストとかもやりやすくなるんだよな」

「それは作るべき。どういう風にすればいいの？」

「うーん、設計はまあ、考えるわ。最近買い物に行った時、パン屋とかの窯を見せてもらったりしてたんだよな。だから何となく造りはわかってる。材料は……火に強いレンガと土と石、かな」

「あら、それなら何とかなりそうねえ。レンガの耐火性が問題になりそうだけどねぇ」

「ボクの炎で燃えないレンガならＯＫって事？」

「そんなもん魔界にしかねえだろ」

「成る程、魔界で材料を集めるっちゅう事じゃな？」

「え？」

「うん。ドラゴンが踏んでも壊れない石窯を作る」

「おい？」

「そんな窯ができたら、きっと凄《すご》いものが焼けるよね！」

「おい」

「大きさはどうするんじゃ？　ドラゴンが入るくらいのサイズにするか？」

「いいね。ドラゴンステーキ、食べたい」

「おい！」

そこへ手紙を咥《くわ》えた鳥がぱたぱたと入って来た。ユーフェミアは手紙を開いて目を通し、顔をしかめる。立ち上がった。

「どうした、仕事か？」

「うん、緊急依頼。三人とも準備して」

ユーフェミアはローブを羽織って帽子をかぶる。シノヅキは残っていたケーキを一口で頬張《ほおば》った。

「ほぐほぐ……なんじゃ、モンスターか？」

「ううん。アンドレアたち」

「あら、それじゃあジャン君が帰って来たのねえ」

唐突に元仲間の名前が出て、トーリは困惑した。

「ジャンがどうしたって？」

「プデモットって所に魔法を完成させるんだって行ってたんだよ。その間、お休みする事にしてたんだよねー、ユーフェ」

「そう。でもそれも今日で終わり。これから大悪魔レーナルドの討伐戦。休んでる間に居場所は特定したし、後は攻め込むだけ」

「はっ？　そ、それって……」

トーリがうろたえて言うと、シノヅキがからからと笑った。

「なぁに、心配要らんわい！　今のアンドレアなら大悪魔とも互角に戦えるわ！　なんせわしが散々鍛えてやったからのう！」

「ま、マジか……」

フェンリル族の戦士に鍛えられたとなれば、アンドレアも腕を上げているだろう。元々才能はあるのだ。格上と戦い続ける機会があれば、めきめきと強くなるに違いない。

「スザンナおねーちゃんも強くなったもんね！　本気じゃないとはいえ、ボクの速度に追い付ける人間は中々いないよー」

「あら、それを言ったらジャン君だって、魔法がとっても上手になったわよぉ？　術式の無駄もなくなったし、詠唱破棄も習得したし、魔力量だってぐんと上がったんだからぁ」

スバルとシシリアがきゃっきゃと騒いでいる。元仲間が大幅に強化されているらしい事を知って、トーリは呆《ほう》けた様に笑った。

「そっか……じゃあ、アンドレアはようやく敵討ちに行けるんだな？」

「うん。基本的には『蒼の懐剣』が戦って、だけど懸賞金は七対三。七がこっち。楽して儲《もう》ける賢い女はわたしです。お嫁さんにどう？」

「唐突な売り込みやめろ。でもまあ……ありがとな」

トーリはぽんとユーフェミアの肩に手を置いた。

ユーフェミアは目を閉じる。ちょっとした沈黙が挟まった。

「……何してんの？」

「……？　今のはキスの流れじゃないの？」

「全然違うわ！　お前、段々遠慮なくなって来てるな！」

「遠慮のない関係って素敵だと思わない？」

「あっ、はい」

なんだか今日はぐいぐい来るなあ、とトーリは頬《ほお》を掻《か》く。

スザンナの弟は治った。ジャンの魔法も完成した。こうしてアンドレアの敵討ちも終われば、仲間たちのしがらみはすべてほどける事になる。

もしトーリがユーフェミアと出会っていなかったら、こうはなっていなかっただろう。

（……やっぱ俺は解雇されて正解だったって事かな）

しかし、初めのうちは切ない気分になっていたそれが、今になっては何とも思わず、むしろこれでよかったのだと思えた。

ユーフェミアは甘える様にトーリに抱き付いた。

「背中さすさすして」

「はいはい。食いすぎか？　胸焼けでもした？」

「違う。さすさす好き。なでなでも好き」

「あ、そう」

甘えて来るユーフェミアに腕を回しながら、トーリは嘆息した。

ここまでするのならば開き直って恋人面した方がいい様にも思われるが、どうにも煮え切らずにいた。そういう性格なのだ。

ユーフェミアの求める様な関係に至るには、まだ時間がかかりそうである。

○

魔界から地上へやって来るには、現在は固く閉ざされている大門を通るか、人間との契約によって召喚アストラルゲートをくぐるしかない。前者は魔界の軍が厳しく管理しているし、後者は契約が必要である為《ため》、魔界の住人は簡単に地上に出る事はできないのだ。

しかし、時には罪を犯した魔族が地上へ逃げる事がある。

アストラルゲートはくぐる際に多量の力を吸い取られる。契約を行えばそれを抑える事ができるのだが、契約をしていない魔族の場合はその力の大部分を失う。

大悪魔レーナルドはかつて現魔王に反逆した。

魔界は実力主義であって、魔王の座を力ずくで奪い取る事は認められている。ただし失敗すれば勿論反逆者として捕らえられ、容赦なく処断される。勝てば官軍そのままの世界なのだ。

彼は一騎打ちでは魔王に勝てぬと判断し、自らの軍を率いて魔王に戦いを挑んだが、流石《さすが》に魔王軍は強く、形勢は不利となり、禁呪を使って地上へと逃げ出したのである。

その力の大部分を失ったレーナルドであったが、それでも人間よりも強い力を持っている。彼は弱い村人などを狙《ねら》って殺し、力を少しずつ蓄えた。

レーナルドは軍を上げて魔王に喧嘩《けんか》を売るだけあって狡猾《こうかつ》だった。魔界の追手からも逃げ延び、力をある程度取り戻してからは辺境に身を潜めた。その周辺は時空に歪《ゆが》みがあり、魔界の魔力が漏れ出していたのだ。レーナルドはその魔力を少しずつ体に蓄え、大悪魔としての力を着々と取り戻した。

そうしてまずは地上を支配し、その後は大門を破って再び魔界へ侵攻しようと企《たくら》んでいたのである。

「くく、これで我らの計画も進む」

レーナルドは大きな手をぐっと握って笑った。

城塞《じょうさい》だった。分厚い石の壁に、松明《たいまつ》がかかっている。城壁は高く、城門は重く作られていた。その門の外に、魔族の軍勢が装備を整えて待機していた。出発の下知を今か今かと待ち構えている。

レーナルドはその軍勢を見て薄く笑った。

地上で力を取り戻したレーナルドは、独自にアストラルゲートを開いて、自らの部下を地上に呼び寄せていた。不完全なゲートゆえに、部下も力を抑えられてはいたが、人間相手であれば問題はない。地上を征服さえしてしまえばより力は高まる。

力はかなり戻った。人間を駆逐するには十分だ。

レーナルドは弱者をいたぶるのが好きだった。弱い人間たちを、まるで蟻《あり》でも潰《つぶ》す様にすると、背筋がぞくぞくした。必死に命乞《いのちご》いする者を、一度は許してやる様なそぶりを見せて安心した所でなぶり、絶望の表情を浮かべさせるのが好きだった。レーナルドにとっては、人間など簡単に壊せて替えの利くおもちゃの様なものだった。

「レーナルド様」

麾下《きか》の幹部たちが集まって来た。

「ご命令を」

「うむ」

自らの力も上がり、軍勢も整った。今こそ打って出る時だとレーナルドは下知を下した。

レーナルドの本拠地は辺境にあり、そこから最も近い国をまずは攻め落とす。そこを足掛かりに、次々と領土を広げて行く心づもりだった。

レーナルドは腰の剣を抜き、振り上げた。朗々と通る声で叫ぶ様に言う。

「これより、我々の時代が始まる。まずは愚かな人間どもを滅ぼし、地上を我がものとするのだ！そして今度こそ憎き魔王めの首を討ちとってくれる！」

「おおっ！」

こうして部隊が動き出した。とはいえ、統率が取れているという風ではない。銘々にぞろぞろと動いて行く。レーナルドを首魁《しゆかい》として集まっている集団ではあるが、結局ならず者の集まりでしかない。

だが、ならず者であっても魔界の住人だ。人間相手には脅威的な力を携えている。基本的に独立志向の強い魔界の住人は、下手《へた》に統率を取ろうとするよりも好きに暴れさせた方がいいのだ。

あの連中が人間の集落を蹂躙《じゅうりん》する様を想像し、レーナルドはほくそ笑んだ。弱い者をなぶるのは実に楽しいものだ。

しかし進軍を開始してから少し経《た》った頃《ころ》、部下が慌てた様に駆け戻って来た。

「レーナルド様！」

「なんだ、騒々しい。侵略の準備は順調か？」

「そ、それが妙な連中とかち合って戦闘になりまして……」

「ほう、賞金稼ぎの冒険者か？」

レーナルドには高い懸賞金がかけられているから、時折鼻の利く冒険者が討伐にやって来る事がある。しかしそのすべてをレーナルドは返り討ちにして来た。自信満々にやって来た連中が、恐怖と絶望に顔を染めて命乞いをする無様さはレーナルドを幾度も楽しませたものだ。

「た、確かに冒険者らしいのですが、異様に強く……だ、第一部隊は半壊です！」

「なんだとっ！」

レーナルドは思わず立ち上がった。

確かに、人間の中にも強い者はいる。特に冒険者はモンスターとの戦いを生業《なりわい》にしているから、人間離れした力を持つ者もいないではない。それでも、魔界の住人の一部隊を相手にして、それを跳ね除けるだけの力があるとは思えない。

魔族は強い。何かの間違いで一人二人魔族を倒したとしても、ここには数百を超える魔族や、彼らが使役する使い魔や幻獣がいるのだ。人間に攻め切れる筈《はず》がなかった。

別の部下が息を切らしてやって来る。

「せ、攻め返されております！　第二部隊、第三部隊も壊滅状態です」

「馬鹿なッ！　人間風情がその様な……ッ！」

レーナルドは憤怒の表情で立ち上がり、マントをはためかした。

「私自らが打って出る！　続け！」

命知らずの愚か者を血祭りに上げてくれる！　とレーナルドは腰の剣の柄に手をやった。

城門の外に出た所で、向こうの方で火柱が立ち上るのが見えた。大魔法だ。吹き上がる炎に焼かれる影がいくつも見える。

「な、何という威力……」

傍らに立っていた部下が息を呑《の》む。見る見るうちに眼前の兵士たちが蹴散《けち》らされるのがわかった。

その向こうから武装した一団が物凄《ものすご》い勢いで向かって来る。レーナルドは歯ぎしりした。振り返った。

「グマテドス！　ザウター！　あの愚か者どもを殺せ！」

「ぐははは！　お任せを！」

「ひひっ、楽勝、楽勝……」

牛頭人身のグマテドスはハルバードを振り上げ、四本の腕を持つ骸骨《がいこつ》のザウターは、それぞれの手に持った剣を光らして、侵入者の方へと向かう。どちらも腕自慢で知られる魔族だ。

「ヒスライン！　魔法使いを狙って殺せ！　援護させるな！」

「はいはい、お任せー」

背に鳥の羽根を持つヒスラインは、滑る様に宙を飛んで行った。

三人共レーナルドの部下の中では指折りの実力を持つ幹部だ。

奴らが相手ならば、人間どももひとたまりもあるまい、とレーナルドは腰に手を当てて、傲然《ごうぜん》と戦いの趨勢《すうせい》を見守った。

○

ジャンがプデモットから帰国し、準備を整えていよいよ大悪魔レーナルドの討伐へと向かった〝白の魔女〟と『蒼の懐剣』の面々は、進軍して来るレーナルドの軍と正面からぶつかった。特に狙った事ではなかったが、あちらが人間の方へ攻め込むのとタイミングがかぶってしまったのだ。

しかし、レーナルドに与《くみ》している魔族や幻獣は一匹も逃したくない、という〝白の魔女〟の意向があったから、これは却って都合がよかったとも言える。

『蒼の懐剣』の面々は怯《ひる》む事なく魔族の軍勢に正面から戦いを挑んだ。数の上では圧倒的に劣る『蒼の懐剣』だったが、〝白の魔女〟とその麾下《きか》の三人が圧倒的な力を発し、先陣を切って進む『蒼の懐剣』の死角を完全になくして、戦いは一方的に進んでいた。

正面を『蒼の懐剣』が突破し、散り散りになる魔族たちはシノヅキとスバルが駆け回って仕留めた。シシリアは後ろから適時魔法で援護して来る。〝白の魔女〟はそのさらに後ろで腕組みをしてこの様子を見守り、特に手を出す様子はない。それでも十分なくらい、戦況は圧倒的に冒険者側に傾いていた。

そうしていよいよ敵の本陣近くになって、幹部が出て来始めた。

「なんだァ？　がはは、非力な女ではないか！　俺の一撃を受けられるか！」

牛頭の魔人グマテドスはハルバードを振り上げて、スザンナに襲い掛かって来た。目の前の兵士を斬り伏せたスザンナは、さっと身をよじって一撃をかわす。

ハルバードは地面を打って土片がそこいらに飛び散った。

「ええい、ちょこまかと！」

グマテドスは雄たけびを上げながら武器を振り回す。

「……遅いなあ」

スザンナは涼しい顔をしてすべてをかわしていた。スバルの相手をし続けたゆえに、スザンナの速度は大幅に上がっていた。動体視力も高まり、体も実によく動く。グマテドスの攻撃は強力ではあったが、スザンナからすればあくびが出るくらいに遅かった。

それでも油断せずに次の攻撃をかいくぐり、グマテドスの手首に斬りつける。しかし硬い。皮を傷つける程度にとどまった。

「うーん、もう少し力を入れないと駄目、か」

スザンナは地面を滑る様にグマテドスの股下《またした》を潜り抜けると、そのまま飛び上がって頸椎《けいつい》めがけて剣を突《つ》き込んだ。深々と刺さる。

「おごっ！　きっ、貴様あッ！」

グマテドスは腕を振り上げてスザンナを振り払おうとする。グマテドスが力を入れたせいか、刺さった剣が抜けない。スザンナは左手で逆手に持った剣に魔力を流した。そうして首筋めがけて振り抜く。

すん、とわずかな手ごたえと共に、グマテドスの首が胴体と分かれた。

スザンナは体をねじって着地する。グマテドスの体はしばらく暴れていたが、やがてずんと音を立てて倒れた。

スザンナはふうと息をついた。

「緊張したあ……」

対応できる相手だったが、何かの拍子に一撃もらっていたらそれだけで危なかっただろう。戦っている最中は集中していたが、倒した後になって何だか冷や汗をかく様な気分だった。

一方、前衛を飛び越えた鳥の魔人ヒスラインは、後方にいた魔法班に襲い掛かっていた。

「アハハハ！　死んじゃいな！」

猛禽類《もうきんるい》の如《ごと》き鋭さで急降下し、両手にはめた鉤爪《かぎづめ》で襲い掛かる。魔法使いたちは即座に魔法で防壁を展開させた。しかしヒスラインの一撃で防壁が歪む。かなり強力な一撃だ。

「ハッ！　少しはやる様だね！　だがいつまで耐えられるかな？」

ヒスラインの後ろから、同族の翼人たちが銘々に武器を構えて上空から迫って来た。動きが速く、魔法を放とうにも狙《ねら》いが定まらない。ゆっくりと狙いを定めようにも、敵は代わる代わる攻撃を繰り出して来るから防壁を維持するのに精いっぱいで反撃に出られない。

後衛の援護がなくなった事で、前衛の勢いが削《そ》がれていた。負けてはいないが、攻め切れてもいない。

「ジャン、どうする⁉」

「シシリアさんに助けてもらうか⁉」

ジャンは眉《まゆ》をひそめて上空を睨《にら》んでいたが、小さく首を横に振って杖《つえ》を構えた。

「ここで頼ったら何の為《ため》の鍛錬かわかりません。三十秒ください。一気に打ち落とします」

「わかった！　皆、防壁全振りだ！　耐えるぞ！」

「了解！　やるぞー！」

防壁に魔力が注がれ、分厚くなった。ジャンは目を閉じて詠唱する。詠唱破棄を身に付けたものの、威力の高い魔法は手順を踏んだ方が効果が高い。

ジャンの周囲で魔力が渦を巻き、髪の毛やローブの裾《すそ》を揺らした。

同じ頃《ころ》、アンドレアは骸骨剣士のザウターと向き合っていた。ザウターは四本の腕で次々と斬撃を繰り出して、アンドレアの大盾に連撃を加えていた。

「きひひひひっ！　おらおら、どうしたぁ？　守ってるだけかウスノロ！」

「……」

アンドレアはザウターを睨みながら、ひたすらに剣を受け続けた。後ろには引かず、ザウターが前に出る事も許さない。ザウターが別の方に行こうとすると、即座にそちらに回り込んで進路を断った。次第にザウターは目に見えて苛立《いらだ》ち始めた。

「邪魔なんだよおっ！　さっさとくたばれ！」

ザウターは一気にすべての剣を振り上げ、全身の力を込めて振り下ろした。アンドレアの盾に物凄い衝撃が響いた。盾を持つ手がびりびりと痺《しび》れるが、決して手放さない。

「壊れねえだとおっ⁉」

まさか防ぎ切られるとは、とザウターの顔に焦りが出た。その一瞬の隙に、アンドレアは爆発的な踏み込みで盾を構えたまま前に突っ込んだ。

「ぶべらっ！」

重量と硬度のある盾がまともにぶち当たる。ザウターの腕が砕け、骨の破片が飛び散った。

「クソがっ！　勝ったと思うんじゃねえ！」

ザウターは一本残った腕で剣を振り上げる。前に出切ったアンドレアは盾を捨てて剣を引き抜いた。そうして兎《うさぎ》の様に跳ねて、剣を横一閃《いっせん》に振り抜く。ザウターの首がすっ飛んだ。

「ひひひっ！　馬鹿め、仕留めたと思ったか！」

「むっ……」

しかし体は動いたまま、刃がアンドレアへと向かう。アンドレアは咄嗟《とっさ》に剣を引き戻す。間に合うか、間に合わないか。

その時、背後で強烈な光が迸《ほとばし》った。魔法班の辺りから次々に光線が打ち上げられ、空中を飛び回っていた翼人族たちを次々に撃ち抜いて行く。

「ぎゃああっ！」

胸を貫かれたヒスラインが悲鳴を上げて落ちて行った。

「な、なんだ、こりゃあ！」

閃光《せんこう》でザウターの剣筋がぶれた。アンドレアは倒れ込む様にして紙一重で剣をかわした。そのまま即座に立ち上がり、まだかちかちと口を動かしていたザウターの頭蓋骨《ずがいこつ》を叩《たた》き割る。

「……もう動かないだろうな？」

力なく地面に落ちた腕を蹴《け》り、アンドレアは盾を拾い上げた。スザンナが駆け寄って来る。

「アンドレア！　大丈夫だった？」

「ああ、無事だ。間一髪だったがな……」

膠着《こうちゃく》しかけたかに思われた形勢が完全に傾いた。

『蒼の懐剣』は疲れなぞ感じさせない勢いでぐんぐん前に押して行く。幹部たちは倒され、雑兵の数も見る見る減っていた。

「奴《やつ》はどこだ……！」

アンドレアは剣と盾を構え、城門の方を睨みつけた。

レーナルドが立っていた。青黒い肌にくすんだ金髪、整っているのに冷たさと傲慢《ごうまん》さを感じさせる顔、人を見下した様な鋭い目つき。何度も見続けた手配書の人相書きと同じだ。

アンドレアはぎりっと歯を食いしばり、前へ出た。

「レーナルドッ！」

突進する。レーナルドは目を見開き、腰の剣を引き抜いたが、相手が盾だと見て身をかわす。アンドレアは即座に剣を構えてレーナルドに斬りかかった。

レーナルドは斬撃を受け止め、そのままアンドレアを押し返した。

「虫けらがッ！」

「ホダ村の仲間たちと父と母の無念！　今ここで晴らす！」

「くだらん！　死ね！」

レーナルドは剣を振り下ろす。アンドレアは盾を前に出して受け止めた。流石《さすが》に大悪魔の一撃だ、ザウターのものよりも鋭く、重い。だがアンドレアは歯を食いしばったまま押し返すと、体勢の崩れたレーナルドに剣を突き込む。

しかしレーナルドは素早く身をかわした。そのままアンドレアに蹴りを放った。腰を打たれ、アンドレアの体勢が崩れる。

「やあああっ！」

そこにスザンナが飛び込んで来た。剣を振り上げかけたレーナルドに、双剣で次々と斬撃を放つ。

レーナルドは顔をしかめて後ろへ飛び退る。

「アンドレア！　怪我《けが》は⁉」

「大丈夫だ。動くのに支障はない」

アンドレアは盾を持ち直し、レーナルドに向き直った。

後ろでは、もう『蒼の懐剣』がレーナルドの兵たちをほぼ壊滅させる所だった。スザンナが双剣を構える。

「ああ！」

「あと一息……！　アンドレア！　やっちゃおう！」

二人は武器を構えてレーナルドへと突っ込む。

「鬱陶《うっとう》しい……！」

レーナルドは剣を構えた。刀身を怪しい影が取り巻く。レーナルドが振り抜くと、黒い斬撃が魔弾の様に飛んで来た。アンドレアはスザンナをかばう様に割り込み、飛ぶ斬撃を盾で受け止める。

「ぐうっ⁉」

当たった瞬間、体に電撃が走ったかの様に痺れた。レーナルドは素早く前に出て来ると、盾ごとアンドレアを蹴倒《けたお》した。

「死ね、屑《くず》が！」

そう言って剣を盾へと突《つ》き込む。レーナルドの剣は分厚い鉄の盾を貫き、アンドレアの肩に達した。

「このおッ！」

スザンナがレーナルドに斬りかかる。レーナルドは左手をスザンナに向け、魔法で衝撃波を放った。これにはたまらず、スザンナも後ろへ飛ばされた。

「おおおおッ！」

アンドレアがぐんと無理やりに立ち上がり、盾の上に乗っていたレーナルドを押し返す。そのまま押し込むと、レーナルドはたたらを踏んだ。憤怒の表情で剣を振りかぶる。

「邪魔だッ！」

「させんッ！」

アンドレアはさらに盾を押し込んで、レーナルドの体勢を崩した。そうして投げる様に盾を手放し、剣を振りかぶる。肩が痛むがそんなものは気にならない。裂帛《れっぱく》の雄たけびを上げて、振り下ろした。レーナルドの肩から袈裟《けさ》に斬撃が走る。

「ぐおおっ——おおおッ！」

レーナルドはカッと目を見開いて、全身から衝撃波を発した。アンドレアも、再び駆け戻っていたスザンナも吹っ飛ばされる。

「はあ、はあ……くく、この虫けらどもめ……私の邪魔をした事を後悔するんだな！」

そう言うや、レーナルドの姿が大きくなった。服を破く様にして隆々とした筋肉が膨れ上がる。顔は怪物の様に醜くなり、口からは鋭い牙《きば》、頭からは角が生える。

「く……」

アンドレアは舌を打って、レーナルドを見上げた。三倍近い体躯《たいく》の違いがある。まとう魔力の気配も濃密だ。斬りつけた傷は膨れ上がった筋肉で塞《ふさ》がれて、もう見えない。

「これが大悪魔か……」

「アンドレア！」

雑兵を片付けた『蒼の懐剣』のメンバーたちが駆け寄って来た。

「ここに来てこれかよ……」

「すげえ魔力だ……魔法、通ると思うか、ジャン？」

「わかりません。しかしやるだけやらねば」

冒険者たちは銘々に武器を構えた。しかしレーナルドは高笑いを上げると、腕を振り上げて地面を打った。地響きと共に地を裂く様に衝撃が襲って来て、冒険者たちはたちまちバランスを崩す。

『雑魚《ざこ》どもが！　どれだけ集まろうが無駄だ！　わが軍団を潰《つぶ》した罪は重いぞ！』

「罪だと……？　貴様がどの口でそれを言う！」

アンドレアは剣を構えて躍りかかった。大きくとも急所は同じ筈《はず》だ、と足の腱《けん》を狙《ねら》う。だが全力を込めた一撃は、レーナルドの体に跳ね返された。

『馬鹿めが！　この姿になりさえすれば貴様の攻撃など効かぬわ！』

レーナルドはアンドレアを叩き潰そうと拳《こぶし》を振り上げた。

その時、狼《おおかみ》の遠吠《とおぼ》えが響いた。地獄の底から聞こえて来る様な響きで、冒険者たちは勿論《もちろん》、レーナルドさえ背筋に冷たいものを感じて動きを止めた。

「な、な、な」

冒険者たちは振り返る。銀色の美しい毛をたなびかせた巨大な狼が立っていた。

「フェンリル……？」

「う、嘘《うそ》だろ？　敵の増援か？」

『蒼の懐剣』はざわめくが、フェンリルは冒険者たちの頭上を飛び越えて、レーナルドに襲い掛かった。鋭い牙が鎧《よろい》よりも硬いレーナルドの肉体を易々と貫く。どす黒い血が飛び散り、レーナルドは悲鳴を上げた。

「て、敵じゃないのか……？」

「見ろ！」

誰《だれ》かが頭上を指さした。急に明るくなったと思っていたら、燃える様に赤い翼を持つ大きな鳥が急降下して来た。槍《やり》の様なくちばしがレーナルドの肩を抉《えぐ》る。

「フェニックスだ！」

「で、伝説級の幻獣が二匹も……？」

呆気《あっけ》にとられる『蒼の懐剣』たちを前に、レーナルドは雄たけびを上げて幻獣二匹を振り払った。

『シノヅキにスバルだと……？　あ、あり得ぬ！　おのれおのれおのれ！　こ、ここは……』

「あーら、逃げられると思ったのぉ？」

シシリアの声がした方を見て、ジャンは息を呑《の》んだ。シシリアは宙に浮いていた。取り巻く魔力は質も量も桁違《けたちが》いだ。髪の毛や服の裾が嵐《あらし》の中にいる様に暴れている。影をまとった肌の色は青白く、目の白と黒が反転していた。どう見ても人間とは思えない。

「シ、シシリア、さん……？」

「あれは……まさかアークリッチ⁉」

レーナルドを取り巻く様に黒い光が輝いた。そうしてそれが手足に巻き付いたかと思うと、鎖の様に拘束して動けなくする。レーナルドは額に青筋を浮かべるほどに力を込めるが、鎖はびくともしない。

『シシリアまで⁉　ば、馬鹿な……なぜだ！　なぜ魔王軍の幹部が三人も地上にいるのだ！』

『我の使い魔だからだ』

恐ろしく響く声がした。〝白の魔女〟が腕組みをして立っていた。その眼光は鋭く、睨まれたレーナルドは恐怖に震えた。

〝白の魔女〟はそのまま右手を前に出す。そうしてぐっと握り締めると、レーナルドが悲鳴を上げた。

「ぎゃあああああ！」

ぼきぼきと音を鳴らしながら、レーナルドの手足がおかしな方向へ曲がる。体もどんどん萎《しぼ》み、恐ろしい姿から元のレーナルドの姿へと変わる。息も絶え絶えになって、口から垂れた唾液《だえき》が地面に染みを作る。

「げほっ、がはっ……っ、使い魔、だと？　しかもこの力……ま、まさか貴様！　魔王の――」

『だぁまれ、ド阿呆《あほう》が。身の程を知らんからこんな目に遭うんじゃ』

とフェンリルのシノヅキがレーナルドの頭を踏みつけた。フェニックスのスバルがけらけらと笑う。

『こんな弱さで魔界を支配できると思ってたのぉ？　雑魚すぎ～。よわよわ悪魔～』

『……スバルおぬし、その姿でそのキャラづくりはちとキモイぞ？』

『キモイってゆーな！　じゃーいいもん！』

とフェニックスの羽根がぶわっと辺りに舞い散ったと思ったら、そこにはスバルが立っていた。

うーんと伸びをする。『蒼の懐剣』はざわめいた。スザンナが困惑した様にスバルをまじまじと見る。

「スバルちゃんって……フェニックスだったの？」

「そうだよー。あ、あのフェンリルはシノだからね」

見れば、さっきまでフェンリルがいた所にはシノヅキが立っていて、片足でレーナルドの頭を踏みつけていた。

「やれやれ、本当の姿になる方が久しぶりじゃわい。なーんか、こっちのが落ち着く様になっちまったのう。ふあ……」

とあくびをする。

「じゃ、じゃあ、シシリアさんも……？」

とジャンがシシリアを見た。シシリアはにっこり笑った。たちまち身にまとう影が振り払われ、肌に血色が満ち、目も普通の目に戻る。

「そうよぉ、アークリッチのシシリアちゃんでーす。改めてよろしくねぇ」

と頰《ほお》に指を当ててきゃぴっ☆とポーズを取った。何だか皆が脱力する。

そんな中、厳しい顔をしたアンドレアが、レーナルドへと歩み寄った。シノヅキが足を離し、代わりに背中を踏みつけた。

「ちゃちゃっとやっちまえい」

アンドレアは黙ったまま剣を振り上げる。レーナルドは必死の形相で身をよじらせた。

「ま、待て！　無抵抗の相手を殺すつもりか⁉」

「……俺の故郷はお前が滅ぼした。誰一人命乞《いのちご》いをしなかったとでも言うのか？」

「やめろ！　そ、そうだ！　手を組もう！　お前たちの力と私の力が合わされば、地上を征服する事も夢ではない！　溢《あふ》れんばかりの富と名声が入って来るぞ！　復讐《ふくしゅう》などくだらないではないか！

それよりも手を取り合って」

「それ以上喋《しゃべ》るな。虫唾《むしず》が走る」

アンドレアは冷たい視線でレーナルドを射貫いた。レーナルドはイモムシの様にのたうち回る。

「ひぃぃいいいいい！　た、助けてくれ！　わ、私はこんな所で死ぬ男ではない！　やめろ！　下等な人間如《ごと》きが、この私を」

びゅん、と剣が振られた。レーナルドの声が止《や》んだ。ごろりと恐怖に歪《ゆが》んだままの首が転がった。

アンドレアはふうと息をついた。

「……終わった、か」

「アンドレア！」

スザンナが抱き付いた。アンドレアは顔をしかめて呻《うめ》いた。

「いたたた」

「あっ、ごめん、怪我《けが》してたんだっけ……」

「ああ、気が抜けたせいで痛みが来た……だが、これで終わった」

アンドレアは後ろを向いた。〝白の魔女〟は同じ様に立っていた。その前に『蒼の懐剣』のメンバーたちも立ってアンドレアを見ている。アンドレアは深々と頭を下げた。

「ありがとう。おかげで故郷の村と両親の仇《かたき》を討つ事ができた」

ジャンがぽんと背中を叩《たた》く。

「お疲れ様です、アンドレア。長い戦いでしたね」

わっと冒険者たちが沸いた。

「ははっ！　まさか大悪魔に勝てるなんてな！」

「いやあ、それよりもシノさんとかスバルちゃんとかシシリアさんの正体に俺は驚いたね！」

「フェンリルにフェニックスにアークリッチかあ……すげえよなあ」

「しかも魔王軍の幹部とか言ってなかったか？」

「やっぱ〝白の魔女〟さんやべえな。一人だけでもすげえ使い魔を三人も従えてんだからさ！」

「今日は飲むぞぉ！」

『では戻るとしよう。アンドレア、レーナルドの首を忘れるでないぞ』

〝白の魔女〟が言った。『蒼の懐剣』は既にこの魔女に親しみを覚えてはいたが、声を聞くとつい背筋を伸ばしてしまう。アンドレアは首を拾い上げて布に包んだ。

「帰ろう」

杖《つえ》が振られ、足元に転移の魔法陣が輝いた。

12. 再会、和解

大鍋《おおなべ》にぐつぐつとシチューが煮込まれている。今夜はたっぷり食うからたっぷり作っておけとシノヅキに言われたので、トーリはひとまず言われた通りに量を多めで作っておくことにした。おそらく食べ残す事はない筈である。

元があの巨体だから食べる量が多いのはわかるのだが、人間の姿の時は食ったものはどこへ行っているのだろう、とトーリは思ったが、考えてもわからないのでやめた。

生地は練って寝かせておく。卵はオムレツにする予定である。中に具を入れ込む予定なので、挽《ひき》肉《にく》と刻んだ野菜を炒《いた》めて置いておく。

マリネしておいた魚は野菜と合わせてサラダにする。塩とハーブを塗り込んでおいた塊肉はそのままローストして寝かせている最中だ。食べる時に切り分ければ肉汁も逃げないだろう。昼間に仕込んだ冷たいスープは冷蔵魔法庫《フリッジ》の中だ。乾燥果物とナッツを練り込んだケーキも焼いたし、それにかけるクリームも泡立ててある。

「こんなもんかなあ」

トーリは下ごしらえを済ましたものを眺めて呟《つぶや》いた。

もう外は暗くなり出している。日が長くなったせいで、つい時間感覚が曖昧《あいまい》になるが、冬ならばもう真っ暗になっている時間だ。

風呂《ふろ》も焚《た》いておこうかと風呂釜《ふろがま》に水を張る。暖炉から火種を取り、裏に出て焚き口《ぐち》に薪《まき》をくべた。

火吹竹でぶうぶう吹いて火を起こしていると、家の中から「ただいまー」と声がして、どやどやと人が入って来る気配がした。ユーフェミアたちが帰って来たらしい。

「あれ、いない？」

「シチューは煮えてるけどなー」

「肉も焼かれておる！　おいトーリ！　飯じゃ飯！　腹が減ったぞ！」

勝手気ままに騒いでいる。トーリは薪を一本放り込み、家の中に入った。

「はいはい、お帰り。今飯の支度するから……」

と言って、固まった。

「あ、あんたが〝白の魔女〟の正体……？」

「うわー、うわー、すっごく可愛《かわい》い！」

「まさかあなたまで姿を変えていたなんて……驚きました」

ユーフェミアを取り巻く三人が、ハッとした様に顔を上げた。トーリは口をぱくぱくさせて、頭を掻《か》いた。

「お……あ、お、おう……来たのか」

アンドレア、スザンナ、ジャンの三人が、何となくバツの悪そうな顔をして立っていた。シノヅキが食卓に着きながら口を開く。

「トーリに会いたいと言うんじゃ。じゃから連れて来た」

「俺に……か？　マジで？」

ユーフェミアがぽてぽてと駆けて来て、トーリに抱き付いた。

「敵討ち、終わり」

「あー、そっか。ユーフェと一緒にレーナルドを……」

「ああ」

アンドレアが一歩踏み出して、深々と頭を下げた。

「トーリ、すまなかった。ひどい事を言って追い出したりして……」

「い、いや、俺もう気にしてないし、というかお前らの言ってた事が正しいし」

「そんな事ないよ！　トーリのおかげでシリルも治った……あのね、あのね、トーリがくれたおもちゃ、シリルはまだ大事に持ってるんだ。元気になってからもそれで遊んだりしてるんだよ。ありがとうって、シリルも言ってる。わたしも、すっごく感謝してるんだ」

「ああ、そうかあ……よかったなあ」

「トーリ君、おかげで僕の故郷も救われました。あなたが〝白の魔女〟との縁を僕たちに運んで来てくれた……本当にありがとうございます」

「いや、まあ、それは……単なる偶然というか」

トーリは照れ臭いやらわけがわからないやらで、むず痒《がゆ》そうに視線を泳がした。

「ま、まあ、あれだ。アンドレア、お前仇が討てたんだろ？　ジャンは魔法を完成できたし、スザンナは弟が治った。めでたいじゃんか。そんな辛気臭い顔してないでさ、喜ぼうぜ、な？　やったーってさ」

しどろもどろにそう言うトーリを見て、三人は笑った。アンドレアが言った。

「だが、本当に感謝しているんだ。ありがとう、トーリ」

「お、おう……あー、むず痒い！　慣れねえよ、こういうのは！　大体、俺なんもしてないって！　感謝する相手が違うだろ！　おら、ユーフェ！　お前が感謝されろ！　感謝されまくって、なんか、こう……いい感じに照れろ！」

「うにゃ」

ユーフェミアはもそもそとトーリに抱き付き直した。スザンナがくすくす笑う。

「なんか、凄《すご》く懐かれてるんだね、トーリ。もしかして付き合ってるの？」

「うん。そうだよ」

「違うわ！　こういう時だけ即座に反応するんじゃない！」

と、トーリは間を置かずに返事をしたユーフェミアを小突いた。ユーフェミアは頬《ほお》を膨らまして、トーリを抱く腕に力を込めた。

アンドレアが頭を掻く。

「だが、随分仲がよさそうだな……本当は、またお前が戻ってくれないかと期待して来たんだが」

「はあ？　俺が『蒼の懐剣』にって事？　ははは、ないない。俺相変わらずクッソ弱いからな。白金級《プラチナ》のクランになんか行けるかっつーの」

「……？　いや、そんな筈《はず》ないだろう？　魔窟《まくつ》の管理をしているんじゃないのか？」

「魔窟だあ？　何の話してんだよ」

「シノヅキが言っていたんだ。〝白の魔女〟の家は魔の巣窟《そうくつ》で、彼女たちにも手が出せなかったのをトーリが一人で片付けてしまったと。見た感じは普通の家だが、元はどうだったんだ？」

アンドレアは大真面目な顔をしている。トーリはかくんと脱力した。

「アンドレア……片付けるっては、そのままの意味だよ」

「ん？　どういう事だ？」

「文字通りの大掃除をしたって事！」

トーリはここに来てからの顛末《てんまつ》をかいつまんで説明した。その過程で、アンドレアたちが、〝白の魔女〟の家は高難易度ダンジョンの様なものだと思っていた事、それをトーリが一人で攻略し、安全を確保して管理していると思っていた事などが判明した。

シノヅキとスバルが腹を抱えて笑っている。

「わっはははははは！　こりゃ傑作じゃ！」

「あはははははっ！　ざこざこおにーちゃんが高難易度ダンジョンなんか攻略できるわけないじゃゃーん」

「……スバル、お前デザート抜きな」

「うえっ⁉　ちょちょ、いつもの軽口じゃん！　ごめんなさい許してトーリおにいちゃん！」

「冗談だよ。そんな必死な形相すんな」

　このやりとりにアンドレアも噴き出した。ジャンも肩を震わせている。スザンナはかがみ込んでひいひい言っていた。

「もー……わたし、最後までスバルちゃんに敵わなかったのに、トーリってば」

「ふふっ……魔界の住人とここまで信頼関係が築けているなんて、凄いですよトーリ君」

「いや、別にそんな大層な話じゃ……はあ」

　トーリは嘆息して、抱き付いたままのユーフェミアを引っぺがそうとした。しかし頑強に抱き付いたまま離れようとしない。

「いつまで引っ付いてんだよ、お前は」

「……だって」

「なんだよ」

「トーリ、『蒼の懐剣』に行っちゃうのやだ。出てかないって約束した」

　ユーフェミアは子どもの様に拗《す》ねて口を尖らしている。トーリはぷふっと笑って、ユーフェミアの頭をぽんと撫《な》でた。

「行かねえって。大体俺なんか実力不足もいいとこだよ。ここで家事やってる方が性に合ってる」

「……うん」

　ユーフェミアは嬉《うれ》しそうに再び抱き付いた。トーリは嫌そうにその肩を引《ひ》っ掴《つか》む。

「だから抱き付くなって！　飯の支度ができねえだろ！」

「ぶー」

「膨れるな。ほい、座って待ってろ。お前らも食ってくだろ？」

アンドレアたちは顔を見合わせた。

「いや、しかし、悪いだろう」

「あらぁ、そんな事ないわよぉ？」

シシリアがするっとやって来てアンドレアの肩を抱いた。

「折角の機会じゃない、一緒に食べましょうよぉ。もう訓練の時間もないし、あんまり会えなくなっちゃいそうだものねぇ」

「そ、そうか……いや、ち、近くはないか？」

「あら、照れてるのぉ？　うふふ、人間の男の子って本当に可愛《かわい》いわぁ。もう肩は痛くない？」

「あ、ああ。もらった薬のおかげでほとんど痛まんが……」

「うふふ、ちょっと見せて？　悪くなってたらいけないし」

「おら、シシリアさん、アンドレアをからかうんじゃねえ。大人しくしてないと飯の量減らすぞ」

「もー、トーリちゃんってば厳しいんだからぁ。会う機会も減るんだし、これくらいいいじゃないのぉ……」

シシリアはすごすごと引き下がった。ジャンがフォローする様に口を開く。

「あ、あの、シシリアさん。よければ、今後も魔法の事に関して色々と相談に乗っていただけると嬉しいのですが」

シシリアはぱあっと顔を輝かした。

「ジャン君ってば、本当にいい子だわぁ……ねぇ、ユーフェちゃん、わたしジャン君と結婚してもいいかしらぁ？」

「えっ、あ、あの」

「うふふ、わたしたち、相性いいと思うのよねぇ。ねぇ、どうジャン君？　あなたはわたしの事嫌い？」

とシシリアはジャンを抱き上げた。子どもが抱き上げられている様な光景だ。ジャンは真っ赤《まっか》になって目を白黒させている。ジャンも本気で嫌がってはいない様だし、もう放っておこうとトーリは諦《あきら》めた。一々相手をしている方が面倒くさい。

「ま、お前らも食っていけよ。飯まだなんだろ？」

「……それなら、甘えようか。なあ、スザンナ？」

「うん。トーリと、ユーフェさんがいいって言うなら」

「いいよ。一緒に食べよ」

とユーフェミアは一も二もなく賛成した。

「うっし、決まりだな。じゃあ、支度するから座って待ってろ」

とトーリは台所に入る。

ジャンはシシリアに捕まって、猫でも撫でる様な手つきで可愛がられて真っ赤になっている。アンドレアとスザンナは、スバルが持ち出して来たカードゲームを、シノヅキも交えてやる事にしたらしい。

トーリは生地を伸ばしてソースと具材を載せ、キッチンストーブのオーブンに入れた。それから具のたっぷり入ったオムレツを焼いた。

「……どうした?」

さっきからずっとユーフェミアがうろちょろしているので、とうとう声をかけた。ユーフェミアは何となくもじもじしていたけれど、やがて顔を上げて口を開く。

「何か手伝う事、ある?」

「マジで? 珍しいな」

「お、お客さん初めて、だから……わたしも何かした方がいいと思って……ほら、おもてなしって、言うし……ね?」

と何だか照れ臭そうに言う。可愛い。

トーリはニヤッと笑って、ぽんとユーフェミアの頭に手を置いた。

「よし、じゃあ手伝ってもらうかな。パスタ作るから、具を炒《いた》める。こっち来て」

「うん」

ユーフェミアは嬉しそうにキッチンストーブの前に立った。トーリはフライパンに油を引いて、野菜や肉を入れる。ユーフェミアに木べらを渡した。

「焦がさない様に混ぜる。あんまり強くするとこぼれるからな」

「うん」

「家族と暮らしてた時も客は来なかったのか?」

「いっぱい来てたけど、わたしはあんまり相手した事ない。大体父様か母様のお客さんで上位魔族ばっかりだったから」

「……ふーん」

(上位魔族の客がいっぱい……こいつの実家って……)

何だか妙なイメージが頭をよぎったが、トーリはそれを振り払った。考えない方がいい、と本能的に悟ったのである。

ユーフェミアは緊張気味に木べらを動かしている。真剣である。あまり見ない真面目《まじめ》な表情に、トーリは図らずも少し見とれてしまった。

「……トーリ、次はどうすればいいの?」

「はっ……お、おう、スープを注いでな……」

「夫婦の共同作業って感じで、楽しいね」

「まだそんなんじゃないでしょ!」

「……まだ?」

「あっ……」

トーリは口をもごもごさせた。今自分の顔の色、どうなってるだろう、と思った。

ユーフェミアはいたずら気に笑った。普段は表情に乏しく、滅多に変わらないというのに、ふわりと和らいだそれは、見るからに笑顔だとわかった。

「ふふ、次はどうするの?」

「お、おう。次はな……」

いいにおいが漂っている。あと少しで賑《にぎ》やかな食卓が始まるだろう。

暖炉でぱちんと薪《まき》がはぜる音が聞こえた。

EX. アフター

シノヅキが取ろうとした肉の切れを、スバルがさっと目の前でかっさらった。

「だあ！　そりゃわしが食おうと思っとったんじゃ！」

「早い者勝ちー！」

「このクソ鳥が！　おぬしを焼き鳥にしてくれるぞ！」

「へへん、ボクを焼ける火があるもんか！　あっかんべー」

「喧嘩《けんか》するんじゃねえ‼」

とトーリが怒鳴った。

大量の料理を食卓に並べ、再会と和解の祝も兼ねた夕飯となったのだが、早々に大騒ぎが勃発《ぼっぱつ》した。いつもより沢山のご馳走《ちそう》に大張り切りのシノヅキとスバルは、狙《ねら》った料理を奪い合ってテーブルを挟んで大騒ぎである。ユーフェミアとシシリアは我関せずという様に銘々に料理を食べ、アンドレアたち三人は呆気《あっけ》にとられている。

「ったく、どいつもこいつも……ほい」

トーリは料理を皿に取り分けて、アンドレアたちに渡す。

「あ、ああ、ありがとう……いつもこんなに騒がしいのか？」

「今日は特にうるせえな。品数が多いからかも知れん」

「そ、そうか……」

「……当たり前になっていましたけど、こうやっていつも食事を作ってくれていたんですねえ」

とジャンがしみじみと言った。トーリは何となく気恥ずかしくなって頭を掻《か》いた。

「そんな改まるなよ、むず痒《がゆ》い……いいから食えって。見てたって腹は膨れねーぞ」

「ええ、いただきます」

「オムレツうまうま。あ、それちょーだい！」

「え？　あ、どうぞ」

「客の飯を取るんじゃねえ！」

横からジャンの皿のオムレツに手を付けようとしていたスバルの頭を、トーリは引っ掴んだ。

「なんだよー、くれるって言ってるんだぞー」

「お前が催促するからだろうが！　マジでデザート抜きにすんぞ！」

「えー、そんなあ！　飢えたスバルちゃんをいじめて何が楽しいんだよう」

「ト、トーリ君、僕は構いませんので……」

「駄目！　こいつは甘やかすと調子に乗るから！　ともかく人のは取るな。足りなきゃまだ焼けるし、まず大皿のを取れ。ほれ、皿出せ、取ってやるから」

「……おぬしも大概甘いと思うがのう」

とシノヅキが言った。スバルは嬉しそうにオムレツをぱくついている。

「アンドレアちゃん、そこのお塩、取ってくれるぅ？」

「この小瓶か？」

「トーリの料理、おいしいね。何だか、久しぶりに味わって食べてるかも」

とスザンナが言った。ユーフェミアが口をもぐもぐさせながら首を傾《かし》げた。

「なんで？」

「え？　あ、えっとね、『泥濘《ぬかるみ》の四本角』の時は、すっごく忙しくなっちゃってて、ゆっくりご飯食べたりする時間もなかったんだ。うかうかしてたら他のクランに成績で抜かれちゃうし、とにかく仕事仕事で、余裕がなかったんだよ。ね、アンドレア？」

「ああ、そうだな。クラン統合の話も回って来ていたし、弱みを見せてはその話から外される恐れもあった。だからついギスギスしてしまっていてな……トーリには悪い事をしたよ」

「その話はもういいって……いいから食えよ、戦って腹減ってんだろ？」

「食ってるよ。うまい」

「おう……そんならよかった」

こんな風に、仲間が自分の料理をうまいと言って食べてくれるのは久しぶりだ。トーリは照れ臭くなって、ごまかす様に自分の皿に向かい、顔をしかめた。

「おいシノさん、俺の肉どこ行った？」

「なんでわしに聞くんじゃ」

「なんでだと思う？」

「なんでじゃろうなあ？」

「白々しいわ！　先に大皿のを取れって言ってるだろうが、俺のを取るんじゃねえ！」

「じゃって、なんかトーリの皿に載っとるとうまそうなんじゃもん」

「同じだよ！　てか、やっぱりあんたかコノヤロウ！」

アンドレアがからからと笑った。

「まったく、賑やかな家だな、ここは」

騒ぎを横目にパスタを持ち上げて、ユーフェミアが自慢げに言った。

「これ、わたしが作った。食べて」

「あら珍しい。ねえねえジャン君」

「は、なんでしょうか」

「ほら、あーんして」

とシシリアはパスタをフォークに巻き付けてジャンの方に差し出す。ジャンはたちまち赤くなってうろたえた。

「い、いや、あの、自分で食べられますので……」

「うふふ、そんなつれない事言わないで。ねえ、いいでしょう？　ほら、あーん」

にこにこしながらも有無を言わさぬ雰囲気のシシリアに圧倒されたのか、ジャンは観念した様におずおずと口を開いた。そこにパスタが押し込まれる。

「ふふ、おいしい？」

「ふぁい……」

ジャンは真《ま》っ赤《か》になって俯《うつむ》きながら口をもぐもぐさせた。シシリアは満足そうに笑った。

「ね、今度はお姉さんにあーんてしてくれるぅ？」

「は、はい……」

絵面が何だか危ない。

「これはひどい」

トーリが呆《あき》れながら肉を頬張《ほおば》っていると、隣から視線を感じた。見ると、ユーフェミアが期待に満ちた目でじっとトーリを見ていた。

「……なんだよ」

「……あーん」

と口を開けてじっとしている。トーリはユーフェミアを見、皿の料理を見、それから他の連中を見た。ジャンは完全にシシリアに弄《もてあそ》ばれているし、シノヅキとスバルは料理に夢中だ。アンドレアとスザンナもうまそうにもぐもぐやっている。誰《だれ》もこちらを見ていない。

「……ほれ」

「あむ」

オムレツをスプーンですくって、ユーフェミアの口に押し込む。ぱくりと閉じた口から匙《さじ》を引き抜く時に何だか変な気分になるのがむず痒かった。

「うまいか？」

「うん」

ユーフェミアは満足げに頷《うなず》いた。

〇

夕飯を終え、デザートにお茶まで終える段になると、満腹感も相まって眠気が漂い出し、何となく雰囲気が間延びした様になった。暖炉では火が燃えて、照らされた物の様々な影が天井に伸びてちらちらと揺れている。

「これ、シリルに持って行ってやんな」

とトーリは取り分けておいた夕飯の残りを箱に詰めてスザンナに渡した。

「ありがとう。ごめんね、もっとゆっくり話とかしたかったんだけど……」

「なに、また機会があるだろ」

「そのうち訪ねて来てくれ。歓迎する」

とアンドレアが言った。トーリはにやっと笑ってアンドレアの肩を叩《たた》く。

「頑張れよ。気ぃ抜いたら他の連中に抜かされんぞ」

「はは、そうならないように、またシノヅキに稽古《けいこ》をつけてもらうかな」

「ええぞ。いつでも遊びに来るのじゃ」

「ボクも相手してあげるよー。あそぼあそぼー」

とソファに寝転がりながらシノヅキとスバルが言った。スザンナが苦笑する。

「気軽に来るには遠いもんなあ……でも今度はシリルも連れて来ていい？」

「うん」

とトーリに引っ付いているユーフェミアが頷いた。それでアンドレアたちは外に出る。薄雲がかかっているがいいお天気で、月が出ていない分、星が多く見えた。

討伐戦の後、ギルドで完了報告をしてからその足で来たものだから、アンドレアたちも何の準備もできていなかったし、何よりユーフェミアの家は客が泊まる事を想定していない。スザンナはシリルの事が気になる。だから今日の所は帰る事になった。

何となく名残惜しい反面、互いに心に引っかかっていた部分が解消されて爽快《そうかい》でもある。それにトーリもアズラクに出向く事は少なくない。だから今日別れても、またすぐに会えるだろうという確信めいたものがあって、後ろ髪を引かれる様な感じはなかった。

そんなさっぱりした別れの雰囲気がある一方、玄関前ではシシリアがジャンを後ろから抱きしめてやんやんと首を振っていた。

「やーん、どうして帰っちゃうのぉ？　ジャン君、お姉さんと一緒に寝ましょうよぉ。お風呂《ふろ》もまだでしょう？　背中流してあげるから、ね？」

「い、いや、今日はもう……それに、僕はそういうのは、その……」

「どうしてぇ？　お姉さんの事、嫌いなのぉ……？」

とシシリアは目を潤ましてジャンを見つめた。ジャンは真っ赤になりながら口ごもったが、やがて意を決した様に、言った。

「そ、そういう事は、もっと段階を踏んで、丁寧にするべきだと、僕は思うんです。シシリアさんの事が嫌いとか、そういう事ではなくて……」

「……あー、もう、本当に可愛《かわい》いんだからぁ！」

とシシリアはえへへと笑いながらジャンをむぎゅうと抱きしめた。ドでかい胸に頭を挟まれて、ジャンは苦しそうにじたばたする。

それを見ていたトーリは呆れ顔《がお》でユーフェミアに言った。

「おい、いい加減にあれ何とかしろ。お前の使い魔なんだから監督責任を取れ」

「ん」

ユーフェミアが手を掲げると、家の中に立てかけてあった杖《つえ》がひとりでに浮かび上がり、そのままシシリアの背中を突っついた。何かの魔法なのか、シシリアは「ひゃうん」と言って目を白黒させてジャンを手放すと、痺《しび》れた様に床にへたり込んだ。腕の中から抜け出したジャンはわたわたとアンドレアたちの方へとやって来る。

「大丈夫か？」

「は、はい……」

「ああいうのにははっきり言わねえと駄目だぞ。はっきりしろ、はっきり」

「は、はあ」

ジャンは困った様に頭を掻いた。ユーフェミアがトーリの袖《そで》を引っ張る。

「はっきり……」

「い、いや、俺はいいんだよ」

ユーフェミアは不満そうに頬《ほお》を膨らましたがそれ以上は何も言わず、アンドレアたちに歩み寄ると、飛んで来た杖をさっと振った。たちまち一行は宙に浮かび上がる。トーリは手を振った。

「またな！」

金縛りが解けたらしいシシリアがやって来て、「あーあ」と言った。

「ざーんねん。折角無垢《むく》な子を自分色に染められると思ったのに」

「やっぱりかコノヤロー。てか無垢な子って、ジャンはあの見た目だけど三十近いんだぞ」

「全然若いじゃないのぉ」

「……まあいいや」

家の中に戻ると、居間ではシノヅキとスバルがだらだらしている。考えてみれば、ユーフェミア抜きでこの使い魔たちとトーリだけというのは中々珍しい。しかし、トーリのする事は一緒だ。食器を洗い、翌朝の食事の仕込みをし、台所を片付けて、火の後始末をする。

食器を洗っている最中にユーフェミアが戻って来た。眠そうに目をこすりながら台所に入って来て、トーリにむぎゅと抱き付く。そのまま背中に頬ずりした。

「んー」

「お帰り。無事送れたか？」

「ん……送れた」

「寝る前に風呂入れよ」

「一緒に入ろ」

「俺は片づけがあるの」

ユーフェミアはむうと口を尖らしていたが、やり合っても無駄だとわかっているのか、ぽてぽてと風呂場《ふろば》に歩いて行った。最近は素直に言う事を聞く様になって来ているので、トーリとしても随分楽である。

あれだけ作った料理は綺麗《きれい》に消えてなくなった。片づけが楽なのはいいが、毎食一から作らねばならないのは面倒くさい。トーリは食器を拭《ふ》きながら、明日の朝は何にしようかと考えた。

○

夜半近くなって、もう起きているのはトーリだけだ。他の四人は寝室に入ってもう眠っている。暖炉の火は熾きになって赤々と光っている。トーリは刻んだ材料をボウルに入れて布をかけた。朝食用に練ってあるパン生地も冷蔵魔法庫《フリッジ》で寝かしてある。

あれこれと片づけや翌日の支度をしていると夜は遅くなる。思えば、『泥濘の四本角』時代もそうやって夜まで何かしらやっていた。そのせいで夜更かし癖が付いた様な気もする。

トーリはふうと息をついて、頭に巻いていたタオルを取った。ずっと押さえつけられていた髪の毛がすっかりへたれている。

「やれやれ……」

これから寝るのだが、風呂くらいは入っておきたい。それだけで翌日の疲れが全然違う。

風呂の湯は減っているが、まだ湯気が上っていた。炉に火が燻《くすぶ》っているのだろう。トーリは炉に薪《まき》を一本放り込んで火を立てると、ポンプを押して風呂桶《ふろおけ》に水を足した。入っているうちに温まって来るだろう。

前に入った連中が遠慮なく石鹸《せっけん》を使いまくっているから、浴室には甘いにおいが漂っている。香料入りの石鹸はシシリアお手製で、ハーブや木の皮などを調合しているらしい。確かに嗅《か》いでいるだけで気分が落ち着く様だ。

次第に熱くなって来る湯の中で、トーリは自分の手の平を見た。冒険者時代は剣を握り、今では薪割り斧《おの》や庖丁《ほうちょう》を握ってばかりの手の平は、ごつごつと皮が厚い。それが湯でふやけて白くなっている。

「ふー……」

ざぶざぶと顔を洗い、すっかり温まって風呂桶から出た。服を着る前に風呂桶の湯を抜いてしまい、ついでに風呂桶をたわしでこすっておく。こうすれば明日楽になる。

「毎日風呂に入れるのは幸せだなあ……」

と呟《つぶや》く。鼻歌交じりに素っ裸で風呂桶を洗っていると、「トーリ?」と声がした。見るとドアが遠慮がちに開いていて、ユーフェミアがひょっこり顔を出した。

「うおっ! ちょ!」

「まだ寝てないの？」

「これから寝るとこ！」

トーリは慌ててタオルで体を隠し、ユーフェミアを追い出した。

（くそう、どうして俺が一番照れてんだ。まさか魔界って全裸が普通……？　いや、んなわけねえな）

トーリは悶々《もんもん》としながら体を拭いて服を着、浴室から出た。

ユーフェミアは暖炉の前に座って赤々と光る熾火《おきび》を眺めていた。裸にカーディガンを羽織っただけという格好である。トーリはやれやれと頭を振って、畳んであった洗濯物から上着を取って肩にかけてやった。

「こんな時間に起きるなんて珍しいじゃんよ」

「目が覚めちゃった」

とユーフェミアは抱え直した膝《ひざ》に顎《あご》を乗せた。トーリはその隣に腰を下ろす。

「まあ、そういう事もあるな。色々あって、気が昂《たかぶ》ってるんじゃないか」

「うん。友達もできたし……お客さん、初めてだった。緊張した」

「ホントかよ」

大悪魔討伐などは、ユーフェミアにとっては大した話ではないだろう。しかし、家に客人を招いてもてなすなどというのは、彼女にとって一大イベントであったらしい。相変わらずあまり表情が変わらなかったからわかりづらかったが、それなりに緊張して、それなりに気を遣っていた様だ。

それで寝床に入って寝たはいいけれど、すぐに目が覚めて起き出して来たらしい。

「寝れそうにないのか？」

「わかんにゃい……」

とユーフェミアはトーリに寄り掛かった。眠そうでもあるし、そうでもない様でもある。いつものぼんやりした表情が、暖炉の熾火の微《かす》かな光のせいか、何だか火照っている様に見えた。

「……ホットミルクでも飲むか？」

「飲みたい」

それでトーリは小鍋《なべ》に牛乳と砂糖を入れ、熾火の上で温めた。沸騰する少し前にカップに移し、ユーフェミアに手渡す。

「ほい。熱いから気を付けろよ」

ユーフェミアは両手でカップを持ち、ふうふうと熱いミルクを吹いて、口をすぼめてすすった。

「おいしい」

「そうか」

両手でカップを持って縮こまっているユーフェミアは、何だか小動物みたいに見える。それなのに熾火に照らされる横顔が妙に綺麗で、トーリは何となくドギマギした。

外は風が出て来たらしく、木々の葉が揺れてこすれる音がし、時折窓ががたがたと鳴った。ユーフェミアはカップを床に置いて、両手で頬をぐにぐにと揉《も》んだ。

「なんか、暑い」

「やっぱり気が昂ってるんだろ……少し散歩でもするか。頭が冷えるぞ」

ユーフェミアは頷《うなず》いた。

外套《がいとう》をまとって外に出た。夜半近くになって昇って来た月が、空から青々とした光を投げかけている。薄雲がかかっているが、風のせいで動きが速い。雲が月明かりに照らされて、空に不思議な模様を作り出していた。

ユーフェミアはトーリに寄り添う様にして、そっと腕を組んだ。トーリは横目でユーフェミアを見下ろして、思わず息を呑《の》んだ。夜露の下りた庭先が月の光できらきら光って、その中を歩くユーフェミアの姿はまるで絵の中の人物の様に見えた。彼女の美しい白髪《はくはつ》には月明かりがよく似合う。ほのかに潤んだ目が宝石の様だ。

「夜はまだちょっと寒いね」

「え？　あ、そうだな」

見とれていたせいでちょっと変な声が出たから、トーリはやや気まずそうに視線を泳がした。ユーフェミアはほうと息を吐きながら、空を見上げて目をしばたたかせている。

そこいらは月明かりのせいで、ランプがなくても歩けるくらいに明るいが、向こうの森は大きな黒いシルエットになって覆いかぶさって来る様であった。二人は連れ立って庭先をぶらぶらと歩き回った。ユーフェミアは何も言わない。トーリの方も取り立てて何か言う事はない。沈黙の中で風の音、虫の声や蛙の声ばかりが聞こえる。しかし不思議と気まずくはない。

次第に風が強くなるらしく、風を受けて森が唸《うな》る様に鳴っている。ユーフェミアがあくびをした。

「ふあ……」

「眠くなったか？」

「うん」

庭先のベンチに並んで腰を下ろす。

ユーフェミアは目をこすり、トーリの腕に体重をかけた。

「ホントは、ちょっと怖かった」

「ん？　何が？」

ユーフェミアはぴったりとトーリに体を寄せた。

「トーリが仲直りしたら、アンドレアたちの所に行っちゃうんじゃないかって」

トーリは小さく笑った。

「お前もそういう人並みの所あるんだな」

「むう」

ユーフェミアは小さく頰《ほお》を膨らました。

「だって、追い出されたのに、トーリ、ずっと仲間の心配してた。だから、しがらみがなくなったら元に戻っちゃうかもって、少し思った」

「それでもあいつらを助けてくれたんだな」

「……トーリが喜ぶかなって思ったから」

トーリは笑って、ユーフェミアの頭をわしわしと撫《な》でた。いつもは自分を困らせてばかりのこの少女がたまらなく可愛《かわい》かった。

「そんな優しい奴《やつ》を放ってどっか行くほど、俺は薄情モンじゃねえよ。俺だってここの暮らしが楽しいし、ここにいるって約束しただろ？　心配するなって」

「うにゃ」

ユーフェミアは気持ちよさそうに目を細めて、そのままトーリに寄り掛かった。

「……幸せ」

「うん？」

「母様たちと離れてから、ずっと一人だった。シノたちはいたけど、一緒に暮らしてたわけじゃないし、静かだった」

「そうか……寂しかったのか？」

トーリが言うと、ユーフェミアはトーリを見上げて目をぱちくりさせた。

「そうじゃなかったけど、退屈だった。おうちは汚かったからシノたちもお仕事終わるとすぐ帰っちゃってたし、誰《だれ》かとご飯食べるなんて想像もしてなかった」

そう言って、ユーフェミアはトーリの肩に頬ずりした。

「今は楽しい。トーリのおかげ」

「お、おう……」

気恥ずかしくなって、トーリは頬を掻《か》いた。こうやってストレートに好意を表現されるのには未だに慣れない。ユーフェミアはまた大きくあくびをした。緊張がほどけたのか、眠気がやって来た様だ。

「これで寝れるな」

「んー……」

ユーフェミアはトーリに寄り掛かったまま目を閉じた。

「え、ここで寝るの？」

「ん……」

「寒くないか？」

返事がない。すうすうという吐息の音だけが聞こえる。

「……仕方ねえなあ」

トーリは体を動かして、ユーフェミアが寄り掛かりやすい様にしてやった。ユーフェミアはもにゃもにゃと何か言って身じろぎし、より深くトーリにもたれかかる。

（ま、後で寝床に連れてってやりゃいいか）

少しでも風よけになる様、ユーフェミアの肩を抱いてやりながら夜空を見る。

今日は色んな事があった。仲間たちと和解し、夕餉《ゆうげ》を共にした。駆け抜けた様な気分だったから、今になって思い起こすと節目だった様に思われる。まだどこかで未練を抱いていた冒険者の道が、自分の前からすっかりなくなった様だった。

ユーフェミアはトーリが仲間の元に戻ってしまうかもと心配した様だが、トーリにとってはむしろこれできちんと別々の道を歩む事ができる様な心持ちだった。自分が抱いていた未練は、仲間の手助けをしてやれなかったという悔しさから来ているものだったのかも知れない。

夕飯時から怒涛《どとう》の勢いだったから、ずっと夢の中にいた様にも思われた。眠って、目が覚めたら別の現実があるのではないか、などとくだらない事を思う。しかし隣を見ればユーフェミアが穏やかな寝息を立てて寄り掛かっている。

（……こいつ、やっぱ可愛いんだよなぁ）

自分には勿体《もったい》ないくらいの美少女だ、と思う。考えてみれば、自分は随分恵まれている。

何だか色々の事を思う。何となくしみじみとするのは、今日が一つの区切りだったからだろうか。

『泥濘《ぬかるみ》の四本角』が解散した矢先にユーフェミアにここに連れて来られた。〝白の魔女〟の正体に驚き、屋敷の汚さに驚き、それからは掃除と料理づくりの日々で、ともかく毎日を駆け抜けていた様な気がする。

ユーフェミア自身にも使い魔たちにも困らされる事ばかりだが、こうやって思い起こすとそれが悪い気がしないのが不思議である。慣れもあるのだが、その関係性がトーリには妙にぴったりはまった。疑似的ではあるが、やはり家族的なものを感じるのだろうか。

これから何が起こるのかはさっぱりわからない。本当に婿入りする事になるのか、それとも別の何かが待っているのか、想像さえできない。冒険者として大成する事を夢見て田舎《いなか》から出て来た時は、こんな風な生活をする事になるとは思いもしなかった。

まあ、いつも通りに続けて行くだけだな、とトーリは息をついた。自分たちの思いに関係なく、朝が来れば日が昇るし、そうなったら一日が始まる。食事を作り、掃除と洗濯をして、日々の生活を整えてやる。それが自分の仕事だ。

「んみゅ……」

ユーフェミアはもそもそと体を動かした。膝を抱く様にして体を縮こめる。少し寒くなって来たらしい。

そろそろユーフェミアを寝床に連れて行ってやらなきゃな、と思いながらも、この時間を終わらせるのが勿体ない様にも思われ、トーリは何ともなしに庭先を眺めた。夜露に濡《ぬ》れた地面が月明かりに照らされてきらきらする。

あとがき

田舎《いなか》でスローライフというのがいつの間にか人口に膾炙《かいしゃ》し始めて、昨今はネット発のライトノベルでもそういったものが散見される様に思われる。畑を耕し、動物の世話をし、日々の生活を丁寧に行うのは成る程美しい事だと筆者も思う。

しかしながら実際の田舎暮らしは中々忙しい。スローどころの話ではない。現代はガスや水道や電気があるからいいけれど、薪《まき》や井戸で生活を成り立たせようとすると、これは最早ひたすらに肉体労働である。それさえしていればいいならばまだいいけれど、加えて現代社会と折り合いをつけて現金収入を、と考えてしまうと、もう無理だと言わざるを得ない。

だからこうやってファンタジー作品に理想の生活を持ち込んで悦に浸る。ファンタジーは魔法があるのが最大の利点である。またライトなファンタジーは時代考証もある程度適当でも何とかなってしまう。この作品も中世ヨーロッパの見掛けを取りながらも、あらゆる点で現代に通ずる便利さがある。これらがすべて「ファンタジーだから」の一言に終始できるのが大変便利だと思う。

そういう息抜きの意味での作品だったのが、どういう事だか本になってしまった。いや、このあとがきを書いている時点ではまだ本になっていない。だから実物の本を見ながら感想を著述するのは不可能である。

しかしながら文章は大体出来上がっているし、ｓｙｏｗさんによるイラストやキャラデザもいただいている。成る程、ユーフェミアは勿論《もちろん》、使い魔どももこんなに可愛《かわい》い娘であったかと思い、嫉《しっ》妬《と》に駆られた筆者は、思わずトーリを亡き者にしてくれようかと、何度か筆を滑らしかけた。イラストの力恐るべしである。幸いにして滑らなかったのでこうして物語が成り立った。

インターネットで一人、好きな様に書いているのと違って、物質の本として世の中に出回るには多くの人の手を借りなければいけない。声をかけてくださった担当編集のОさんとＷさんには感謝せねばならぬし、可愛《かわい》らしいイラストで物語世界を彩ってくださったイラストのｓｙｏｗさんには頭が上がらない。

そうして小説というのは読者がいなければ始まらない。こんな所まで目を通していただいて幸甚の至りである。特段真新しさもオリジナリティもない物語であるが、ひと時の楽しみを感じていただけたのならば作者としてこれ以上の喜びはない。

仮に巻数を重ねる事があれば、再び手に取っていただければ光栄である。

二〇二三年二月吉日　門司柿家

カドカワBOOKS

白《しろ》魔《ま》女《じょ》さんとの辺境《へんきょう》ぐらし
～最強《さいきょう》の魔女《まじょ》はのんびり暮《く》らしたい～

2023年4月10日　初版発行

著者／門司柿家《もじかきや》
発行者／山下直久
発行／株式会社KADOKAWA
〒102-8177
東京都千代田区富士見2-13-3
電話／0570-002-301（ナビダイヤル）

編集／カドカワBOOKS編集部
印刷所／大日本印刷
製本所／大日本印刷

●お問い合わせ
https://www.kadokawa.co.jp/（「お問い合わせ」へお進みください）
※内容によっては、お答えできない場合があります。
※サポートは日本国内のみとさせていただきます。
※Japanese text only

Printed in Japan
ISBN 978-4-04-074926-6 C0093

新文芸宣言

かつて「知」と「美」は特権階級の所有物でした。

15世紀、グーテンベルクが発明した活版印刷技術は、特権階級から「知」と「美」を解放し、ルネサンスや宗教改革を導きました。市民革命や産業革命も、大衆に「知」と「美」が広まらなければ起こりえませんでした。人間は、本を読むことにより、自由と平等を獲得していったのです。

21世紀、インターネット技術により、第二の「知」と「美」の解放が起こりました。一部の選ばれた才能を持つ者だけが文章や絵、映像を発表できる時代は終わり、誰もがネット上で自己表現を出来る時代がやってきました。

UGC（ユーザージェネレイテッドコンテンツ）の波は、今世界を席巻しています。UGCから生まれた小説は、一般大衆からの批評を取り込みながら内容を充実させて行きます。受け手と送り手の情報の交換によって、UGCは量的な評価を獲得し、爆発的にその数を増やしているのです。

こうしたUGCから生まれた小説群を、私たちは「新文芸」と名付けました。

新文芸は、インターネットによる新しい「知」と「美」の形です。

2015年10月10日
井上伸一郎

重版続々！
シリーズ好評発売中！
奇跡に詠唱は要らない——
気弱で臆病だけど最強な魔女の物語、書籍で新生！
B's-LOG COMIC
ほかにて
コミカライズ連載中！
コミックス
好評発売中！
作画：桟とび
サイレント・ウィッチ
沈黙の魔女の隠しごと
依空まつり　イラスト／藤実なんな
無詠唱魔術を使える世界唯一の魔術師〈沈黙の魔女〉モニカは、超がつく人見知り!?　人前で喋りたくないというだけで無詠唱を使う引きこもり天才魔女、正体を隠して第二王子に迫る悪をこっそり裁く極秘任務に挑む！
カドカワBOOKS